U0745963

KUWEI
酷威文化
图书 影视

HISTOIRE DE LA VIOLENCE

[法] 爱德华·路易斯——著
丁雪——译

四川文艺出版社

致乔弗鲁瓦·德·拉加斯纳里

目　录

contents

艾迪的自白

一

我将杀人未遂的起诉状折成四折，放进抽屉里。

几小时前，我走出家门，下楼，冒雨穿过街道，去洗衣店洗床单。

洗衣店在街道末尾，离我住的大楼不到五十米。我背着一大袋要洗的东西，弓着腰在街上走着。东西很重，压得我腿都弯了。

天还没完全亮，街上空荡荡的。我一个人磕磕绊绊地走着。一共只有几步路，但我走得很急，边走边在心里默念："还有五十几步就到了……快了，还有二十几步了。"我不断地加快步伐，急切地想知道，未来的我会怎样面对这件事——我会不断回想起几小时前发生的那一幕：一个星期后，我会自言自语地说"啊，已经过了一个星期了"，一年后，我又会对自己说"啊，已经过了一年了”。雨点儿冷冰冰的，不大但细碎，钻进我的鞋子，浸湿了我的鞋垫和袜子，让人难受。我浑身发冷，心里想着：他可能还会回来，他会回来的，我不能回去，我得在街上躲一会儿，躲他。洗衣店里只有一个经理，个子不高，长得很粗壮，正在一排排机器中巡视。他问我：“你还好吗？”我尽量用最生硬的语气回答：“不。”我期待着他的反应，希望他做点儿什么，但他没有进一步询问，只是耸耸肩，调过头，进到他藏在诸多干衣机之后的小办公室里去了。我讨厌他不问我问题。

我带着干净的床单汗流浃背地爬上楼梯，回到家中。我重新铺了床，但床上还满是雷德的味道。于是，我又点了几支蜡烛和香薰。不，这还不够。我把除臭剂、除味剂和我上次过生日收到的古龙香水洒在床单上。我把刚刚才洗过的枕套浸在满是层层叠叠的泡泡的肥皂水里又洗了一遍。我用肥皂水擦洗木椅子，用湿漉漉的海绵擦他碰过的书，并把一堆堆直接放在地上的书搬离原先的位置。我用在灭菌剂中浸过的布条仔仔细细地擦他碰过的门把手和百叶窗的每一片风叶。我擦金属床架，向光滑的白色冰箱上喷柠檬味儿的喷剂。我被一股近乎疯狂的力量驱使着，根本停不下来。不过疯了也比死了强，我心想。我擦亮他用过的浴霸，用几升（至少有两升，一瓶一升半，我倒了一瓶半）漂白剂清理厕所与洗手池。我把整个浴室都擦洗了。这简直是疯了。我擦干净他照过的镜子，因为他可能在镜子里欣赏过自己。我丢掉他碰过的衣服，不知道为什么，衣服不同于床单，床单只要洗干净就够了，但衣服只能扔掉。我趴在地上擦地板。冒着热气的水烫伤了我的手指，我的皮肤因长时间泡在水中裂开了，皮肤的碎屑混在一处。我停了下来，深呼吸，像个动物一样到处嗅。事实上，我已经变成了一只动物，全力寻找着不管我怎么努力也无法除尽的气味。于是，我得出结论：这气味既不在床单上也不在家具上，而是在我身上，问题在我。我走进浴室，洗了第一次澡，然后是第二次、第三次，一遍又一遍。我往身上涂肥皂，用洗发剂、护发素清洗头发，想除去我身上的气味。但他的味道像在我身体中扎了根，藏在了我的血肉之中。我狠狠地洗刷身体的每个部分，甚至连指甲都打磨干净了，只为把这味道从身上驱逐出去；但没用，味道一直都在，恶心得我头晕。“见鬼！”我咒骂道。我得出了另一个结论：味道在我的鼻子里，我闻到的是鼻子里的味道，它被困在我的鼻子里了！我走出浴室没多久，又跑了回来，将生理盐水倒进我的鼻孔。我像擤鼻涕一样努力擤出鼻子里的液体，没错，这就是我要的效果，让盐水清洗整个鼻腔；但也没用。我打开窗户，又跑出门去。我要去见亨利，他是我唯一一个在圣诞节早上九十点醒着的朋友。

这就是我姐姐正在向她的丈夫转述的场景。我躲在一扇门后，听着她讲话。多年以后，她的声音在我脑海中一直保持着那天的样子——夹杂着狂怒、愤恨、讽刺和无奈的认命。

四天前，我来到了姐姐的家。我曾天真地以为，在乡下休息一段时间是唯一能帮我摆脱厌世情绪的方法。但一踏进这间屋子，我就知道我错了。我把包甩在床上，推开窗户，窗口正对着树林和工厂。我意识到，我回家后会变得比来之前更加灰心丧气。

我已经两年没来看望过姐姐了。每次她指责我不来看她时，我总是含混地说些诸如“我有自己的生活要过”之类的空话。我试着让我的语气听起来自信一些，以减轻自己的负罪感。

但我不知道我能在这儿干些什么。上次我来的时候，坐的也是这辆车。车里刚熄灭的烟头散发出的气味使我感到恶心。我坐在车里，透过另一侧的车窗，看着窗外的景色飞速向后退去。成片的玉米与油菜，传出臭气的甜菜田，一连串的砖房，国民阵线[1]令人倒胃的宣传海报，阴沉沉的小教堂，废弃的加油站，牧场中破破烂烂、摇摇欲坠的超市——一幅法国北部的消沉景象。我讨厌这景象，同时也意识到，我在这儿会感到孤独，于是便离开了。我本来以为自己这么讨厌乡下，肯定不会再来了，但今年我又回来了。我进到车里，借唱歌逃避讲话，在心里对自己说："这是两码事。你再也不想回来，不仅是因为你一来就肯定会和姐姐吵上五分钟，还因为她的举止、习惯和思考方式都让你很不舒服，让你变得更加愤怒。你再也不来看她，因为你终于意识到你对她是多么冷漠，忽视她又有多么容易，而你一直希望是她抛弃了你。现在她知道了。她看到了你的冷漠和羞愧，尽管你没什么好羞愧的，你完全可以不来看她，但你还是羞愧。你知道，来看她会迫使你面对自己的残忍和冷漠，你的羞愧也会让你想起自己的残忍和冷漠。你明白，回来看克拉拉会使你不得不面对不想见到的自己，所以你恨她，不可抑制地恨她。"

上次离开这儿后，我只给她发过几条短信，公事公办地寄了几张明信片。那些明信片是我出于某种说不清、道不明的家族责

① 国民阵线（Front National）：法国的一个极右翼政党，现已改名为"国民联盟"。

任感随意选的，而克拉拉用吸铁石将它们贴在冰箱上。明信片上的字写得很潦草，都是我在公共长椅或咖啡厅的角落里完成的。上面的话也很简短，比如“来自巴塞罗那，吻你，不久后再见，艾迪”或者“在罗马度过了一段美妙时光，思念你”，或许还要更短。为了与姐姐保持不那么密切的联系，我尽量让她以为我离她很远，提醒她是地理上的距离分开了我们。

克拉拉的丈夫下班回来了。克拉拉和他在客厅里，我待在隔壁的房间。房间的门微微掩着，留着大约四五厘米的缝隙，我藏在门后，僵直地站着，在他们看不见我的地方偷听他们的谈话。我看不到他们，只能听见他们的说话声。透过门缝，我只看见了姐夫的脚，姐姐大概坐在他对面的椅子上。我一动不动地听着姐姐讲话：

“艾迪告诉我自己对那个人几乎一无所知，除了他的名字——雷德。”

迪迪尔和若福瓦认为那个人对我撒谎了，雷德不过是个假名。我不知道。我竭尽全力不去这样想，每次这个念头出现在脑海中，我就转移自己的注意力，想其他的事情，就好像尽管他伤害了我，但至少还给我留下了名字。知道这个名字在某种程度上可以视为一种报复，像直接从他身上夺取了一部分力量一样。我不想完全崩溃。在我向周围的人讲述这个故事时，若有人明确指出雷德要了个并不新鲜的花招，给我的肯定不是真名，而是他编造的名字，我就会恼羞成怒。因为我无法接受这个最令我难以接受的猜测，我变得好斗，想要怒吼，想用力摇晃与我谈话的人，让他闭嘴。

“今天上午，艾迪向我复述了一遍事情的经过。我们在面包店的时候，我让他又说了一遍。”

在开车回家的路上，我已经跟她讲了雷德是如何用手枪对着我的，这是她想反复听的片段。当雷德用手枪对着我时，我想的不是他是否会杀了我，这对我而言好像是毫无疑问的——情况不可逆转，他会杀了我，我会在圣诞节清晨、在我的房间里死去。出于人性中的软弱和与生俱来的适应能力，我屈服了。只要看看历史就知道，人的这种天性无处不在，即使是在最艰苦、最残酷的环境，人们也能适应——在向克拉拉讲述我的遭遇时，我讲的话越来越浮夸和书面化——这种能力对人类有利有弊，因为这意味着不需要改变世界，只需要改变人类自己，而且在大部分情况下只需要改变一小部分人。改变世界太费时间了，但人类可以很快适应环境。克拉拉或许没注意我说了些什么。在那时，我想的并非是“他会不会杀了我”，而是“他会怎样杀了我”。他会用围巾缠住我的脖子，勒死我吗？还是会拿水槽中没洗的刀杀掉我？他是否会扣下手枪的扳机呢？又是否会用我根本猜不到的东西来杀我呢？我不再奢求逃出去，不再寄希望于活下来，我只求尽量安稳地死去，不要那么痛苦。

这件事发生之后，警察和克拉拉都夸我勇敢，但对我来说，勇敢是最不能用于形容我的表现的词。

雷德后退了几步，稳稳地举着枪托。他伸出没拿枪的那只手，在我椅子上堆积的衣服里摸索，眼睛一直盯着我。他拿出了围巾。他又要勒我脖子了，我心想。几分钟前，在他还没掏出枪的时候，他就勒过我的脖子。他走回我身边，没有再次试图勒死我，也没有把手放到我的脖子上。这一次，他想把我绑起来。他先拽住我的右胳膊，而后是另一只胳膊，试图用围巾将它们捆在一起。我闻到了他身上汗水的气味和荷尔蒙的味道。我全力反抗。我吓坏了，心想：“我不想死！”这是一句凄凉的套话。我发出尖叫声，但我的叫声并不大，因为怕激怒他。我反复推开他，尽可能不发出任何声响，求他别这样。我抵挡住了，他没能把我捆起来。他反复说着同一句话，每一次声音都更大一些："我要给你点儿颜色看看，我要给你点儿颜色看看，给你点儿颜色看看……"（这里的"给我点儿颜色"不再是我惯常听到的意思，在此时，它意味着，毁了我。）"我要给你点儿颜色看看，我要给你点儿颜色看看！"他吼叫着。我期待某个邻居会听到这边的动静，打电话报警。但要是警察来了的话，我想他可能会因为害怕被逮捕而加快动手的速度。要是他听到警察在门外喊"警察，快开门"，可能会在慌乱之下直接杀死我。因为没能把我绑起来，他又掏出刚刚放进皮大衣内里口袋的手枪。他把围巾扔在了地上，或许是戴在了脖子上，我记不清了。然后，他把我按在了床垫上。

二十五号的早晨，这一幕过了几个小时后，我连走带跑地来到了亨利家。在路上，我再次想到：一个星期后，我会自言自语地说"啊，已经过了一个星期了"；一年后，我又会对自己说"啊，已经过了一年了"。我刚到他家门口，门就打开了。亨利可能是听见了我的脚步声。我想躲进他的怀抱，但出于某种无法说明的原因，我克制住了自己。

我后来对克拉拉说："我没想到他会有危险性。"在被雷德侵犯前，我不相信任何人都有可能变得很危险。这之后，我认为所有人（哪怕是我非常熟悉的人）都有可能突然变得很疯狂，热血上头，想要毁坏一切；都有可能毫无预兆地攻击我——我最亲近的朋友迪迪尔和若福瓦也不例外。这种情况持续了数月。

在面对亨利时，我抑制住了自己的情绪。我们一动不动地站着，时间仿佛静止了。我能感受到他在仔细打量我，默默分析，试图找出什么痕迹来解释我为什么在这么意外的一天如此早地出现在这里。他的目光在我身上游走，掠过我油腻腻、脏兮兮的头发，我带着黑眼圈的、疲惫的眼睛，我布满伤痕的脖子，我发紫肿胀的嘴唇……每看到一处，他的脸色就沉一分。我记得在来亨利家前我洗过澡，但我也记得到他家时我的头发很脏。亨利建议我们进去说话。他走在我的后面，我感觉到他的目光盯着我的后背。我没有哭。我走进了他的公寓，屋里的家具上摆放着相框，在沙发背后，有一幅装裱好的他的巨幅画像。我坐了下来，亨利去倒咖啡，他从厨房回来时手里拿了两个杯子，杯子在托盘上颤动。他问我愿不愿意谈一谈，我说好。我向他描述了雷德——从他栗色的眼睛开始，而后是黑色的眉毛。雷德的脸很光滑，脸部轮廓分明，但不失柔和，很有男子气概；他微笑的时候会露出酒窝，而他又常常笑。

后来在诉状上，警方的专业用语将雷德描述为：马格里布[1]类型。每次我看到上面的这个词就抑制不住自己的怒气，二十五号晚上做笔录时，我从这个词里感受到了种族歧视。在我看来，种族歧视是那晚我遇到的所有警察的唯一共同点。在他们眼里，马格里布不是一个地理位置，而是社会渣滓、流氓、罪犯的代名词。在警方的要求下，我向他们描述了雷德的外貌简要特征。在我描述时，一名警察突然打断了我："啊，你是想说马格里布类型。"他看上去有种说不清的兴奋感，觉得自己说对了，或许我的描述有些夸张了，但他的确笑了。他如此高兴，好像我承认了某件我一来时他就想让我承认的事情，好像我提供了证明他永远正确的证据。他重复地说着"马格里布类型，马格里布类型"，每说两句话就要加一句"马格里布类型，马格里布类型"。

此时，我向亨利叙述了我的遭遇，亨利指给了我他位于阁楼上的房间，我上楼去睡了一觉。虽然和雷德在一起时打了几次盹儿，但我觉得自己已经很久很久没睡过觉了。

---

① 马格里布（Maghrébin）：摩洛哥、阿尔及利亚和突尼斯三国的代称。

二

姐姐继续说，我继续听。她喝了几口水，然后把玻璃杯放到桌子上。我听到玻璃杯与桌面碰撞时发出的声音。

“但这不是最让他惊讶的地方。艾迪和我说：‘一切都是从那天早上我在亨利家睡醒时开始的。’醒来以后（我告诉她，那天我仰躺在床上，睁开眼睛后，觉得身体疲惫酸软，肋骨间好像被刀尖刻过了一样，背像石头一样僵硬）[①]，他才想起之前发生了什么事，才开始思考之后的日子要怎么办。从那以后，他再也看不得别人幸福的样子。你听听，这是多么可笑的蠢话。你想我能对此说些什么。我什么也没说，假装看着自己的鞋子。我肯定看起

① 括号中的部分为主人公艾迪听姐姐说话时的心理活动。

来很不高兴。（我不想听了，想上床再睡一觉，但我知道疼痛肯定会使我难以入眠。）然后，他告诉我，他讨厌所有的人，他对我说道：‘我知道这毫无道理，克拉拉，但我那天早上醒来后，就发现我讨厌所有的人。’（听克拉拉这么说时，我在想我怎么会变成这个样子。）

“我觉得这有些不同寻常，简直让人难以置信，太不正常了。好吧，我对自己说，与其胡乱评价，不如好好听完。但我努力克制自己，不再深想，否则总是想个没完。他和我说，他讨厌所有的人。”

我怎么会变成这个样子？雷德走后，我觉得嘴巴里有一种陌生的味道。那之后，我发现，看到任何表现出快乐的人或事物，哪怕是最不起眼的迹象，都会让我难以忍受。我可能会打路人一个耳光，就因为他向我微笑；我可能会拽住别人的大衣领子，用最大的力气摇晃人家并尖叫怒吼，连孩子、病人也不例外。我想摇晃他们，往他们脸上吐口水，把他们抓出血，直到他们面目全非，直到我身边所有的人都消失不见。我想用手指插进他们的眼睛，挖出眼球，然后用手碾个粉碎。我反复念着，你怎么能这样。但这不是我的错。我想抓住那些病人，把他们从轮椅上提起来扔出去。天啊！我再也无法忍受任何笑容或笑声了。但在外面，大街上、公园里、咖啡馆中，到处都是欢声笑语，它们刺破了我的鼓膜，在我的耳朵里盘旋回荡，在我的颅骨中吱吱作响。在一天中剩下的时光里，这些笑声仍在我的脑海中挥之不去，它们留在我的眼睛里，我的嘴唇上——就好像这些笑声都在与我作对似的。

“他醒了之后干了什么呢？我猜，他摸了摸自己的皮肤、手臂、小腿和性器，不确定这是不是一场梦。他可能驱散不了脑子里出现的画面，没办法走出来，大概经受了好一阵痛苦。（外面大概在下雨，此时整天阴雨不断，我听见了雨点儿敲击玻璃窗的声音。）他试着再睡过去，但身上的酸痛时刻都在提醒他发生了什么，这让他更痛苦了。过了一会儿，他终于睡着了。有时人们希望睡一觉后，第二天会像被施了变形术一样，变成另一个人。也可能他那时没这么想。

“即使不是真实存在的东西他也受不了。（即使不是真的东西，哈。）哪怕是公交车或者大楼幕墙上的广告画——那种一家人其乐融融地吃早餐或在游泳池边嬉戏的照片。总之，所有试图让人感受到快乐的画面，他都想用刀、口袋里的钥匙或者随便什么东西把上面的人脸撕碎。（我想放把火烧了它们。）他想带着尽可能多的人一起下地狱。（我和她说的是：传播痛苦。）但他告诉我他知道这没有意义。（我对自己说：你怎么能这么想。但我对她说过，我不能忍受的不仅仅是别人脸上的笑容，还有别人脸上的痛苦。我觉得相比于我的痛苦，他们的悲伤不够真实，不够沉重。）

“妈妈也给我们讲过许多类似的故事。可能是因为她和我们在一起的时候重复了太多遍这些故事，所以艾迪遇到困难时就做出了和故事中一样的反应。谁知道呢？二频道里有个节目，里面的主持人说，要是一个人从没听说过爱情，就一辈子都不会坠入爱河。好吧，我听完了这个就想把电视关了，这声音让我头疼，但我又觉得主持人的话可能也有道理。

“妈妈在养老院干活儿的时候我们还不认识呢。这不是一个有前途的工作，但还算比较稳定，毕竟养老院里总是有老人需要照顾。妈妈在那儿的工作主要是给老人们洗澡，喂他们吃药。每次工作完后回到家，她就开始抱怨。我觉得她为了工作简直成了一个泼妇。但这是她最后的机会。在我们这儿，一个女人被工厂辞退后就没什么活儿可做了，一切都完了。当时，有人说她马上就要走投无路了。”

远不止如此，妈妈的故事比姐姐刚刚说的要复杂得多。妈妈，这个连驾照都没有的女人，为了这份工作与一大堆别的女人竞争。这群女人一方面是为了补贴家用，另一方面也是为了逃离丈夫的重压。为了争取这个意外空出来的职位，妈妈付出了很大的努力。她骑着特地修好的自行车，一家一家地拜访不同的行政机构；穿上精心挑选的衣服，把所有头发往后梳，化比平时浓一点儿也好看一些的妆。尽管我们的父亲不喜欢、也禁止她这样做，并斥责她“你不这样更好看”“简直像妓女”。为了向负责人显示自己不达目的不罢休的决心，无论刮风还是下雨，妈妈都坚持骑着同一辆自行车去行政机构，反复敲行政机构的门，一次又一次地来回跑，尽管行政机关总是给予她否定的答复，甚至她自己也觉得没有机会了。她一封接一封地写信，一通接一通地打电话，为她没有接到回复而表示担忧。最终她成功了，并将这份工作做了好几年。下班回家后，她会向我们描述她的工作，告诉我们养老院的老人是多么令人生厌。那些老人出于一种动物的本能，常常反复无常地歇斯底里。或许在他们眼中，只要能让别人难受就可以延长自己的生命。为了缓解对死亡的恐惧，他们在自己最后的时间里用尽全力地折腾。这些老人毁坏屋里的一切东西：扯掉桌布，把纪念品扔在地上砸碎，把餐具往墙上摔……

“更糟的是，这些情况周而复始。他们每天都把东西到处乱扔，镜框、从伦敦买回来的里面可以下雪的水晶球、旅行带回来的桌布等，什么都砸，什么都弄破。他们会发出那种折叠式照相机似的喊叫，那种叫声你从来没有听过，从来没有。而在听过之后，你就再也无法忘记这种声音，而且一想起这种声音就会想到他们。甚至那些一生都被别人称为夫人的女人们也好不到哪里去，别以为她们会比别人强。她们甚至比其他人更下流讨厌，因为她们终于有了机会放飞自我，做一切之前不能做的事情。她们用很大的声音怪声怪气地唱淫荡的小曲儿。还有更糟的呢，有时候，她们会在房间里四处大小便。妈妈在厨房的桌边对我们说：‘地上，所有地方。’方便完，她们便瘫在客厅里的椅子上，任由自己松弛、满是褶皱的皮肤耷拉着。在我妈妈跪着，试图仅用一块粗糙的海绵和一个已经腐坏的塑料盆替她们清理身体时，她们依旧自顾自地大小便。这些排泄物流了下来，看上去就像是从椅子里溢出来的一样。妈妈每天下班回家后，都会哭着说她再也不想去了。她哭着说：‘你不知道，老米拉尔到处大便，还用饭厅里的窗帘擦屁股。我忍不了多久了，我忍不下去了。’她和我们说，大便满地都是，她得忍着气味自己清理。要知道，她最受不了大便的臭味了，这味道让她恶心。在所有事中，这是最难忍受的一件。她再也忍不下去了，未来一点儿希望也没有。‘我想吐，但我忍住了，结果不吐出来更难过了。这就是我以后的生活，我摆脱不了了。’我们和她说，夏天就要来了，你马上可以摆脱他们，松快松快了。现在，艾迪也成了这样，虽然还没到这种地步。我不是添油加醋，但在圣诞节，他的神经受到了这样强的刺激后，那种拉着别人一起下地狱的想法就困住了他，他和我妈妈照顾的那些老人没什么两样。他和我说，情况一天比一天糟。最后，他决定一个人待在家里，再也不出门了。他关上百叶窗，把自己幽禁起来。为了不听到隔壁邻居透过隔板传过来的声音和院子里看门人的说话声，他用两只手紧紧捂住耳朵。”

情绪平稳些的时候，我会去公共场所，比如人行道或超市的货架边，向陌生人讲述我的遭遇——毫不隐瞒地全盘托出。我常常默默地靠近不认识的人，把他们吓一跳后，也不说我的名字，就开始用一种熟稔和漠不关己的态度讲自己的事，好像我们认识了很久一样。由于我谈的话题非常沉重、丑恶，他们往往只能静静待着，听我说完。他们听的时候我会观察他们的表情，想象着要是我突然被拦住并听人讲这个故事会作何反应。我没告诉过克拉拉这个，但这些毫无羞耻心的想象支撑着我度过了几周。

我不由自主地大谈这件事。在圣诞节后的一个星期里，我向大部分朋友都说了我的遭遇，但听我谈话的人远不止这些。我向一大堆并不是很熟的人复述过这个故事，包括一些只在脸书上说过几次话的人。如果别人试图回应我，或是表现得过于同情，或是想替我分析，就像迪迪尔和若福瓦指出雷德肯定不是真名那样，我就会发怒。我希望所有人都知道这件事，但只有我知道真相是什么。而且，我谈的越多，就越感觉自己是唯一了解真相的人，唯一的，而其他人却天真得可笑。和别人交谈时，不管原先说的是什么，我都能把话题转到雷德身上来，就好像所有话题都理当引起我对雷德的回忆。

二月的第一个星期——圣诞节已经过去一个多月了——我和一位不久前邀请我吃饭的作家碰了面，他想让我给他编辑的文学杂志的特刊写一篇文章。（几天后，我把一篇写得特别烂的文章交给了他，原因显而易见。）我并不认识他，但还是接受了邀请，我知道我为什么接受。我在他面前故技重施。那段日子我一直活在自己的叙述中。我在餐厅里等他。我一边坐在椅子上发抖，一边神经质地用手揉着不小心粘在口袋里的口香糖。他走了进来，先脱下了自己的法兰绒大衣，而后坐下，但又微微起身和我握手，然后又坐回到椅子上。我努力控制着，不让自己将圣诞节的遭遇脱口而出。我心想："不能现在就讲这个，至少礼貌点儿，等一会儿，先谈谈其他的东西。"那时，外面灰蓝色的天空倒映在大楼的墙壁上。我之所以记得这个，并不是因为对天空感兴趣，而是我在不讲话的时候，一直毫无兴致地、出神地望着窗外的天空。

我们交谈了几句，过了大约十分钟，我屏住呼吸，感觉有点儿忍不住了，雷德的名字就要滑到嘴边了。我克制住自己，尽量说一些此类会面时常说的话题。我让他谈谈自己的工作、书和规划，但我没听，我什么也听不见。他提出了差不多的问题，但我只听见了问题而不知道自己回答了什么。他的回答与问题都很难让我平静下来。他所有的表现看起来都是在邀请我谈论圣诞节发生的事。在那个时候，我对现实的感知也受到了雷德的影响，所有事在我看来都与雷德相关。我害怕要是现在不说，"雷德""圣诞"这些词就会从嘴边溜走。

然后我开始说了。我心里想着："时机已经到了，你已经忍了很久了，现在你有权谈这件事了。"于是，我做了自他走进餐厅时我就想做的事。我接过话柄，唱起了独角戏，在这顿饭剩下的时间内只有我一个人在讲话，他只在吃东西的间歇插几句简短的感叹，诸如“太可怕了”“简直恐怖”“我的老天”等。不过，他的应和更加激起了我说话的兴致。这顿饭结束的时候，我请他什么也别说了，同时我也就自己的言行表示了歉意。为什么我要向他说这些呢？向一个根本不认识的人讲这个故事？我意识到，我不能这样粗鲁地、不分场合地向人讲述这些事情。但在被袭击后的几个星期里，我都是这样的表现。

这种疯狂的谈话欲始于医院。雷德走后，我飞奔到附近医院的急诊室，要求进行预防性的三联药剂治疗[①]。十二月二十五号的早上，医院几乎空无一人，只有一个流浪汉在急诊等待室中来回走动。他不是来看病的，只是不想再忍受室外的严寒。我坐在离他几米远的地方，他对我说了声“圣诞快乐，先生”。“圣诞快乐，先生”，在遭遇了刚刚发生的事后，这句话在现在的场景下是如此不合时宜，以至于我大笑了起来。我还记得，我情不自禁地发出了一阵疯狂的笑声，声音如此之大，在空荡荡的等待室中回响，

① 三联药剂治疗（Une trithérapie préventive）：一种针对艾滋病的疗法，简称“三药治疗”。

撞击着墙壁。我笑得弓起了身子，用两只手捧住自己的胃，简直要喘不上气了。我在笑声间歇时对他回答道："谢谢，先生，谢谢您，也祝您圣诞快乐。"

我等待着，但没有任何人过来。我一直坐着，感觉自己像别人故事中的龙套。我尽力驱赶脑海中的想法。我并非在臆想这一切都没有发生过——我不会这样自欺欺人——而是在想象这件事发生在另一个人身上，我不过是个旁观者。我想："你是个孩子时，一直想象自己会成为什么样的大人，这就是你烦恼的本源。"我想："你总是感觉你正在过的生活与自己无关，尽管这是你自己的生活。你总是将自己抽离出来，像看别人的生活一样看着它，仿佛这不是你自己的生活。这种情况不是今天才有的。你小时候，被父母带去超市，看着推着小推车的顾客们来来往往，会长久地盯着他们，观察他们穿的衣服和走路的方式，会自言自语地说'我想变成这样，我不想变成那样'。你绝对猜不到今天你变成了什么样，从来没猜到过。"

等待室的墙上有一圈窗户，为了消磨时间，我伸长脖子，往窗外看去。时间慢慢流逝，我期待着能有一扇安全门打开，一位医生从里面走出来，出现在我的面前。我咳嗽了几声，鼻子用力地吸气，然后按下一个红色按钮。这个按钮连着接待室中的电铃。过了二三十分钟，一名护士走了过来。我疯狂的谈话欲就是从此时开始的。这是这种欲望第一次在我身上露出端倪。在流浪汉向我说了“圣诞快乐”之后，我忍住了，没有和明显醉了的他讲我的故事。我也没有告诉他此时对我说这样的话非常讽刺，因为我在十二月二十五号，一个我本应待在别处的时候，来了医院。若是我开了这个话头，接下来就会继续告诉他是什么导致我来了急诊室，我不想这样做。但我把一切都对护士说了。我没忍住眼泪，也没试图这样做，我觉得要是不哭的话他可能不会相信我。我的眼泪并不虚假，痛苦也是真的，但我知道我应该扮演什么样的角色来博取别人的信任。后来我发现这个人其实不是护士，而是保安、接待员或者话务员。

在接下来的日子里，我明显变得更加焦虑了。后来，在另外一家医院，尽管我竭力想要感动医生，想让他理解并相信我说的话，但我的声音仍旧单调乏味，像冷冰冰的机器发出的声音。我冷漠地讲着这件事，就好像在讲别人的故事一样，眼睛干干的，没有眼泪。我之前哭得太多了，现在哭不出来了。“你得哭，否则他不会相信你的，”我心里想着，“你得哭。”我的眼睛好像已经不是自己的了，我强逼着自己流泪，集中精力回想有关雷德的画面，他的脸、他的手枪，想方设法地让眼泪落下来。但是没用，一滴眼泪也没流出来，我所做的都是无用功，我的泪腺挤不出眼泪，没法把眼泪送到眼眶里。我的眼睛干燥得令人失望，我也基本和来时一样平静。戴眼镜的医生摇了摇头，眼镜随着动作滑到了他的鼻子上。

我转而寄希望于人生中的其他场景。我开始回想那些令人悲伤、痛苦的事情好让自己掉眼泪，我想起了迪米特里的死讯。

迪迪尔在一个深夜里告诉了我他的死讯。那天晚上，我一个人正在散步，突然手机响了一声，随后在我的口袋里振动了几下——迪迪尔给我发了一条短信，问我：“你现在能接电话吗？”我有些害怕，通常他是不会在打电话前问这样的问题的。我担心若福瓦出了什么事，可能是一场事故。他的身体平摊在担架上被抬走的样子一下子浮现在了我的脑海里，我尽量不去想这个，浑身打着战，用发抖的手指在屏幕上写道：“当然可以。”

手机又响了起来，我迟疑了一下接了起来，迪迪尔用一种平稳而故作镇定的声音告诉我，迪米特里，这个只和我在电话上谈过几个小时的人，在去一个离巴黎较远的地方出差时死了。

我试图借此让自己流眼泪，以说服医生相信我的话。但这件事过去太久了，没那么触动我了。我强迫自己流眼泪，而医生保持着他的怀疑态度。我觉得这两种相反的力量相撞后，倒可能会有助于我们找到真相，真相往往就是在这种紧张的氛围中被发现的。我使尽浑身解数来迫使自己掉眼泪，但还是没成功。

我在第一家医院的那个早上，非常顺畅地在护士面前哭了出来。他安慰我说："会有人来照顾你的，我做不了什么事儿。"我好不容易才抑制住了尖叫的冲动："我知道你无法理解。"最后，真正的护士来了，她靠近我，问我为什么来这儿。我开口说了，一直说，一直说。

现在，这种说话的欲望消失了，我不再想向所有人倾诉。我的谈话欲正在一点点地变为一种永远的颓废感、一种不同寻常的厌倦感。我已筋疲力尽。正是在这种状态下，我决定跳上火车，去克拉拉家。有时，那些无法名状的恐慌仍会出现在我的心中，缠绕着我。比如说，昨天在散完步后从森林回来的路上，我告诉克拉拉，自圣诞节后，我就一直想着西里尔以前和我讲的一个故事——在艾滋病毒刚刚出现、还没有任何治疗手段的时候，有些人被传染上了艾滋病毒。西里尔在我旁边走着，对我说："那时没有任何治疗手段，知道自己感染了艾滋病毒的人只能等死。”他接着说，“其中的一部分人——比人们设想的要多得多的人——直接放弃了他们所剩无几的时间。”我记得西里尔和我说这话时是一个晚上，我们刚从一个晚会出来，准备回家。他推着自行车在我身边走着。“他们停下了手边的事。因为知道死亡即将来临，所以彻底放弃了那些让他们感到折磨的事情，那些他们原本不以为意但因死亡的阴影而显得像是折磨的事情。他们放弃工作，逃离公寓，不再进行体育锻炼，不再参加社交活动，也退出了朋友圈。他们不再做那些限制性的事情，哪怕是最简单不过的小事：他们决定不再设早上的闹钟，不再尝试戒烟或戒酒，不再和自己不怎么喜欢的人或者知道这件事后面露厌恶、不和他们握手的人交往，不再屈从于社会准则，不再注意食物的健康与否，不再为别人而工作，不再任由自己被欺负、被利用，不再做之前为了生存不得不做的事情……总之，就是不再做违背自己本性的事。但这其中还有一部分人活了下来。他们以为自己会死，却奇迹般地活了下来。他们为死亡做好了万全的准备，最终死神却没有来。”西里尔补充道，“大部分死里逃生的人都不能重新适应所谓的正常生活。他们不能再从事之前的职业，住回自己的公寓，再去拜访自己不想见的人。”我向克拉拉承认，我害怕会有和这些人一样的反应。和雷德在一起时，我确定自己马上就要死了，让人难以置信的是，我竟然活了下来。我希望用生活中其他不同寻常的事——乡下、休息、幽闭简朴的生活、阅读、小溪，甚至是动物、养家禽的棚子、柴火——来抵消这件荒谬之事对我的影响。因为只有这些原先于我而言荒谬的东西才能对抗荒谬。但我知道在克拉拉家小住达不到这个目的。

三

克拉拉停了几秒，接着讲我的事情。

我把自行车停在共和国广场[1]的一边，距我家有三四百米，比平常我停车的地方远一些。我和迪迪尔、若福瓦一起喝了点儿酒，想要走一走，驱散酒意。我没醉。因为是平安夜，我比平时喝得要多一些，可能喝了一瓶或者两瓶葡萄酒，我不太确定了，但是我没醉。我把礼物夹在胳膊底下，其中有迪迪尔刚送给我的两本克劳德·西蒙[2]亲笔签名的书和用牛皮纸包着的《尼采全集》中的一卷。后者是若福瓦在拉斯帕伊大街上的伽利玛图书馆买的，

---

① 共和国广场（la place de la République）：法国最大的公共步行广场。

② 克劳德·西蒙（Claude Simon，1913—2005）：法国小说家，曾获诺贝尔文学奖。

我记得里面有《看哪这人：尼采自述》和其他文章。

克拉拉说："我敢肯定，他拿书时是封面朝外的，像这样，让所有人都能看见他在读什么——你知道他们是怎样做的。这让我想起了什么？我了解他往前走的时候心里在想什么，肯定是像'真是一条该死的路'一样的话。就是这样，一条该死的路。然后一直重复这句话，并且一边想一边比较自己的过去与现在。除此之外，他可能还有些其他的想法，这些我就不是很清楚了，可能他还想起了少年时村里那些和他一起去公交车站的年轻人。"

姐姐说她看见过我们在市政府广场上骑车，通常是三个人骑一辆车。我爬到车子的把手上，一个人站着骑车，脚踩在两个踏板上，另一个人坐在后车座上。我们骑着车子在广场上绕圈子，围着一战烈士纪念碑转圈。因为自行车上有三个人，所以不能加速。轮胎轧在柏油马路上，一直在爆炸的边缘徘徊。警察拦下我们，但我们又接着骑。姐姐经过广场看见我们的时候，会大喊："懒鬼们，你们看上去就像一根火柴上的青蛙！"

"这是因为我想让他们知道，我不像别的女孩，可以任人欺凌，在他们向我们吹口哨、说闲话的时候装作没听见一样走过去。想让他们明白这点，最重要的就是在他们攻击你之前先攻击他们。对付男孩子就是这么简单。第一次最重要。只要你先采取行动，后面就清静了。”

姐姐说在我十三四岁的时候，她经常看到我们从市政府广场开车去车站。（我的邻居布莱恩比我年长，有驾照和一辆汽车。）我们在那儿一直待到深夜，开着后备厢，听着收音机里的音乐，待在离车仅几米远的地方，用平底大口杯喝茴香酒和威士忌。

“他可能经常想起这些人。有一天，他终于承认了，不过我对此一点儿也不吃惊。我在心里默念着：‘好，快说出来，快当着我的面承认吧。’他告诉我，他回村子的时候，会和十年前一起在车站听 Gadjo[①] 的歌的伙伴们打招呼，但是他和他们待在一起时已经不知道要说些什么了。他不知道是因为他变得比他们都老了，还是因为他变得比他们都年轻了，他说他从来都不知道自己真实的心理年龄。因为他再次看到他们时，他们要么已经有孩子了，要么已经结婚了；他们已经在邻村盖了房子，也有了自己的

---

① Gadjo：德国音乐制作人。

责任——所有的这些都让他们看起来像是个大人，只有他还在学校。他有时会突然觉得自己比他们年轻了二十岁，尽管他们是同龄人。可能是因为这些他都没有：没房子，没车，没妻子，没孩子，未来不确定……这些对他来说都太遥远了。他昔日的伙伴已经彻底进入了成年人的生活，所以他会在一瞬间觉得自己比他们年轻二十岁。情况就是这样。

“有时也会出现相反的情况。当看到他们还从事着以前的职业，看到他们的打扮还跟原来一样——穿着爱力狮牌的外套，肩上挎着十五法郎的路易威登假包，他就会觉得其实是他们没有长大。虽然他们有了小孩，但他们变了吗？他们依旧举行聚会，可能不在车站而是在建好的房子里；仍然喝‘王之啤酒’[①]，喝酒时讲一样的笑话——‘这哪是啤酒啊，简直是驴尿，太差劲了’——与其说是喝酒，不如说他们只是舔了舔酒，他们自以为是男人，却不知道怎么正确地喝酒，但至少我们不能说他们不会喝酒。他们每周末都做一样的事，谈论女孩子或者比赛——也许现在不比摩托车，有了驾照后改比汽车了——这也没什么改变，不过是多了两个轮子罢了。

① 王之啤酒（Koenigsbier）：一款法国啤酒，名字可直译为“德国啤酒之王”。

“艾迪一想到伙伴们一切如旧，就会感觉其实是自己比他们老了二十岁。他一下子就变得这么老了，尽管他们同龄。他和我说，他感觉自己很老，甚至在看到以前的同伴时会对自己的身体感到羞愧。他看着车窗上自己走路时的倒影，觉得和以前的同伴相比，自己走得像个小老头儿。于是，他挺直了背，调整自己走路的姿势，他试着像一个年轻人那样走路。但每次他来这儿——尽管他并不常来，不知道我这儿哪儿让他不舒服——都说他没法判断自己究竟是比以前的伙伴老了二十岁还是年轻了二十岁。有时候，他觉得自己比他们老了二十岁，第二天又觉得比他们年轻了二十岁。就因为这个，他总是不能确定自己的实际年龄。

“我在火上烤着手，他告诉我，他走在路上时心里想着：真是一条该死的路。他想这个的时候肯定也想到了我，他没有理由不想起我，你知道的。艾迪肯定一遍又一遍地重复和确认：‘我和我姐姐不一样，我走了我的路。真是一条该死的路。’知道他可能这样想，我有点儿沮丧。”

为了偷听，我站在门后一直没有动。能这么久不动，不知道是得益于我的专注力和自制力，还是因为姐姐刚才的话让我感到羞愧，以至于让我动弹不得，僵硬得和面前的门一样。

“让我说完。我不是在怪他，这不是指责。我活得够久了，知道所有人都会有这样的念头。如果有人告诉我他从来没这么想过，那肯定是在撒谎。我自己有时也会这样想。我有时会待在一个很安静的地方，想想后来见过面的以前的朋友。我想着他们，然后对自己说：‘你没什么好抱怨的，老家伙。’通常，我想的都是最不想待在一起、最讨厌的人。所以，我相信所有人都是一样的。我们对自己说：‘幸好，我跟他们不一样，我走了一条正确的路，不错，继续走下去。’于是，他就这样继续往前走。”

我没有对姐姐说起很多晚餐时的细节，因为我对那顿饭的记忆也是片段式的。我看见若福瓦和我走在大街上，走在圣诞节的彩灯中。红色和蓝色的灯泡从我们的脑袋上掠过，耳朵被风吹得生疼。我们被一群提着一大包东西的人围着，他们拿的包是如此之大，以至于我都看不到他们了。他们艰难地在人行道上移动着。我听不到他们的声音，只有回声在我耳中响起。我喜欢移动的人群，还笨拙地踩了好几个路人的脚。我们一起哈哈大笑。接着，又是另一幅画面：我们钻进了一家很暖和的商店，买了些馅儿饼。室内的暖空气好像黏在了我们脸上，形成第二层滚烫的皮肤，而真正的皮肤仍是冰凉的。然后，画面再次切换：迪迪尔出现了，然后是我们三个。我们都坐下了。此时，距我们在街上遇到人群那会儿已经大约一个小时了。我开了一瓶葡萄酒。迪迪尔听到软木塞被拔出的声音，大笑着说："酒在召唤我！"这是我以前教他的话。我也笑了起来，而后笑声逐渐停了下来。若福瓦将分成几块的蔬菜饼摆上，我们便吃了起来。

晚餐差不多结束了，我看了看空盘子里的馅儿饼屑，然后站了起来。迪迪尔从送给我的两本书里抽出一本，递给了我。我很吃惊，打开书，高声念出了第一句话："她身着黑衣，戴着黑头巾，迈着沉重的步子穿过废弃的沙滩，来到海边坐下。"

若福瓦说我念得很棒，让我多念一些。我不记得有没有多读一段。接着，书从我的视线中消失了，我不知道它去哪儿了。然后我看见了亮着的电脑屏幕，电脑上正在播放歌曲，是歌剧的曲调，我不太确定是什么，可能是马斯奈[①]的《维特》，也可能是其他的什么。突然，场景变换，我们出现在另一个屋子里，三个人靠在房间里的枕头上，在这里吃甜点、喝酒。我们一人拿着一个

① 儒勒·马斯奈（Jules Massenet，1842—1912）：法国作曲家，代表作有《巴赞的唐恺撒》《艾林尼》。

玻璃杯，一首接一首地唱歌，唱我们记得的歌曲。最后的记忆是两个小时后，我在空无一人的街上，风从身边吹过，树一棵棵向后退去，路灯晃过我的眼睛。我把自行车停在共和国广场的一头，开始步行……

四

共和国广场正在施工，地上除了泥浆什么也没有，倒不如说广场已经变成了泥地。工人们还没有在人行道上重新铺上水泥和混凝土板，道路一片狼藉。每次我从广场上穿过，都会弄脏身上的衣服。回到家里，裤腿上都是泥点子，这里的泥巴与我小时候在乡下看过的深栗色、近乎红棕色的泥巴不一样。乡下的泥巴散发着一种土地的清香，像陶器一般闪闪发亮，我们可以趴在上面，因为它闻起来很干净。但这种灰色的泥土是颗粒状的，看上去普普通通，是城市工地中的副产品。

广场上停着几架起重机，巨大的钢铁骨架看上去犹如人体的骨骼。绿色的钢板随处可见，上面铺满了政治宣传海报——有些话过了很久都还看得清：我们不会为他们的危机付钱，打倒资本主义——商业广告、演出公告。为了不让路人进入正在施工的地方，这些钢板一开始就搭了起来，用来区分已施工的区域和尚未施工的地方。

吃过平安夜大餐，我胳膊下夹着尼采和西蒙的书，摸黑穿过乱七八糟的共和国广场，鞋子上满是泥点儿。污水溅到我的裤子上，在上面留下一道道灰色印记，水滴从裤脚滴落下来。雨不停地落着，雨水肮脏得犹如泥水。

突然，我听到背后传来一阵声音。

我没有回头，一直往前走。我并没有克制自己不要回头看，但我确实没转头。我身后传来急促的脚步声，离我越来越近。我意识到后面的人在靠近我，但没想到会和我有关。直到他赶上我，跟我说了一句“你好吗？不过圣诞节吗”后，我才知道他的目标是我。

雷德面带笑意。他喘着气，停在我的右边，和我并排走着。我只能看到他的半张笑脸，另一半则隐藏在黑暗中，被夜晚吞噬了。他又问了我一次，为什么不过圣诞节以及为什么这个时间还在街上。但我没有回应。后来，我告诉克拉拉我喜欢他的喘息声，我想把他呼出的气息握在手里，摊在脸上。

我没回答，低着头不去看他的半张脸，继续向前走。我只想快点儿回家，好多读几页迪迪尔和若福瓦送我的书。我强迫我的腿迈快一些。我没有说话，尽管我为他的美貌倾倒——克拉拉对我说:“喜欢喘息的声音，荒谬。”

尽管他很英俊，喘息声也非常迷人，但我还是决定回家睡觉。我尽力把注意力集中在右手拿的书上，以此来抵抗他的吸引力。我知道我抵抗不了多久。我的自制力只维持了几步路，在这几步路的时间里，我成功地无视了他。他依旧走在我的身边，他的肩膀轻轻挨着我的肩膀，他走路时溅起的水花将我的裤子染上了灰色的泥点儿。我沉默着，心里默念着:“尼采、西蒙、尼采、西蒙……”然后，他问我:“你不愿理我吗？”

我向一男一女两位警官回忆了当时的情景。他们正对着我，男警官坐在电脑前，女警官站在他身边。此时，距离我遇见雷德那会儿还不到二十四个小时。

刚开始做笔录，我就有些不知所措了。我有点儿紧张，后悔来了警察局。但后悔也没什么用。

因为那一夜实在是太疲惫了，所以我和两位警官说不想做笔录了，想回家。男警官冷笑了一下，他的笑容没什么恶意，好像是在面对说荒唐话的孩子。他停顿了几秒，清了清嗓子，说：“先生，我很抱歉，现在做不做笔录已经不取决于你了。这件事现在归司法管辖。”我那时不明白，为什么我不能决定是否做笔录。（这意味着，我被排除于自己的故事之外，进入了权力系统。因此，哪怕我并不情愿，也必须继续深入地说我的故事，因为我进入了权力系统——这是将我排除在外的条件。至少在我的思维逻辑中，若是我参与其中，就没有权利再置身事外了。）

与此时正相反的是，在刚到警局的时候，我为能向警察说出自己的经历而松了一口气。两位警官充满同情地接待了我，尽管谈话并不温情。我叙述事情时老是丢掉主线，东一榔头西一棒子，说些毫无意义的话。我出尽了丑，说了些大蠢话，不停地用不一样的话和语调谈论同一件事、同一个片段，好像这样就能找出真相一样。

“我觉得朝外面看看应该挺有趣的。雷德站在那儿，纹丝不动，好像腿被铁楔子固定在了地下几米深的地方。我坐着，面对着他。他用羊毛围巾勒我脖子时，发出沙沙的声音，这声音让我牙疼。我除了坐在那里，像一只被踩过的蚯蚓一样扭动，其他什么都做不了。我扭动，向各个方向扭动，拼命地扭动。”我对面的男警官一直看着我说话。他没有听，只是看着我说话。他把手放在用来记录我的话的键盘上，停顿了很久。

那一刻，我意识到：其实，他的权利是一种时间上的权利——他可以延续询问的时间，也可以终止；可以任我说下去，自己沉默着一动不动；可以让我加快速度，也可以在我没意识到的时候，让我减速。他让我告诉他所有的经过，让我全说出来，任何细节都不要遗漏。每一刻，每一次互动，雷德说过的每句话，哪怕在我看来并不重要的内容，都有可能帮助警察找到他，逮捕他。他进一步说明，大多数调查中，决定性的信息往往隐藏在那些乍看起来微不足道的细节里，但是不专业的人往往认为这些不同寻常的信息毫无用处。

男警官问我：“这样，你就让一个陌生人在深夜进了你的家门？”我回答说：“你知道，所有人都这么干……”他带着讽刺和嘲笑，夸张地说：“所有人？”这显然不是一个疑问句。他不是问我是不是所有人都会这样做，而是想让我明白，没有人会这样做。最后，我解释道：“我是说，像我一样的人……”他说道：“不是，我不确定……”突然，站在他身旁的女警官叫道：“够了！”她的举动把我们都吓了一跳，也打断了她正在打字的搭档要说的话。她说“够了”的时候很粗暴，很有攻击性，但在深夜，这样一个令人慌乱又疲惫的场景中，这句话又显得有些可笑。氖管发出刺目的亮光，垃圾散发着臭味，电脑传出嗡嗡声，她的头发蓬乱，脸上有深深的黑眼圈，看上去快要被逼疯了，但她什么也做不了，只能以满不在乎的态度对待这一切。

她告诉我们得重来。我们不能这样混乱地做事——我还记得她说“混乱”时皱起的眉头。一切都得重来，要“有序地进行”。

为了集中注意力，也为了不被发现，我死死地盯着眼前的门，观察浅褐色木头上延伸的栗色纹路。我试图看清这条纹是怎么从中央延伸到顶端，最后消失在门后的。

克拉拉告诉她丈夫，雷德问我是不是不愿意和他说话时，我没回答，但我的沉默很明显表明了我无法完全拒绝。

雷德笑了，嗓音有些变化，但我还是没把头转向他，或许悄悄转了一点点。我继续向前走，心中默念着：“尼采、西蒙、尼采、

西蒙、尼采、西蒙……”走了十几米后，我让步了。

“他动摇了，他和雷德讲话了。”

我尽量让自己相信，我的回答是为了让他离开，留我一个人安静待着。但我知道，只要开始这段谈话，无论我说什么，都会起到反作用。

“他告诉他，他刚刚吃过平安夜大餐，现在需要回家休息。”

我的拒绝没什么作用，像我猜想的一样，他继续说：“我叫雷德，我们认识一下吧？只是找个地方一起喝一杯，抽点儿大麻，或者……”我告诉他，我不吸毒。他接着说道：“那就像现在这样聊聊天。你叫什么名字？”

我竭尽全力用自开始做笔录后最有条理的语言向警察描述这段过程，但坐着的男警官不停地打断我：“你是否确定他有枪呢？因为这会改变整个事件的性质，你……”我看向他的搭档，用目光恳请她帮帮我。她没有立即插手，只是接着他的话往下说道："强暴也是很严重的事，有时候比死更糟糕。"

我继续听姐姐讲话：

"雷德提议到艾迪的公寓去喝一杯，认识一下。他猜出艾迪住在四区。他可不是个傻子。他应该从艾迪的走路方式上看出了这点。你知道，他们很了解怎样对付这样的男孩子。因为艾迪还是什么都没说，雷德便用力拽住了他，和他一起走，但他没有拿出毒品。

"他和艾迪说他口袋里有毒品，要是艾迪不喜欢的话，他现在就扔掉，他不想强迫艾迪。他说他们可以两个人一起喝上几杯啤酒，每个人只喝两三杯，不干别的事。过了没多久，艾迪说他讨厌啤酒。我觉得雷德非常有耐心。如果是我，我绝不会再继续跟着这个对什么都说'不'的讨厌鬼。这已经不合理了，他太有耐心了。"

我坚持拒绝，而他仍旧走在我的身边，脸上还是挂着笑容，一点儿也不泄气。可能他已经通过我的声音和游移的目光识破了我的迟疑，他不需要再做什么就可以让我说“好”了。只需要最轻微的手势，我就会屈服，转变态度，承认他刚刚在广场上和我搭讪的时候，我就想回应他了。他不需要再做什么，我就会带他回我家，把手放在他身上。我艰难地抵抗着欲望。我还记得因为天冷和寒风，我不停地流泪，后来我干脆擦都不擦了。与我说话的时候，他一再地吸着鼻子，话语几度中断。我听到了他鼻腔中发出的声音。他微微转过脸去，用手指擦了擦鼻涕，然后把它抹在裤子上，留下一道道闪亮的痕迹。我没什么感觉。要是在平时，我会觉得恶心。但那时，我不讨厌他。

“从这里开始，我就觉得不对劲了。他应该看得出来，艾迪不像一个想和他一起找乐子的人。我们知道，艾迪安静、讨人喜欢，但他当时想回家休息，所以表现得和监狱看守一样不留情面。他又开始默念：‘我要回家读书，我要回家读书……’”

她喝了几口水。

“最后，雷德开始提问了。他向艾迪伸出了手，问他家里有什么。你猜艾迪是怎么回答的？书，只有书。雷德说，这听起来很有趣。我告诉艾迪：你要注意，你告诉别人什么事或者说自己做了什么的时候，总有人会用‘很有趣’来回答你。这些人就会说这一句话，没其他的了，永远都是‘很有趣’。而且，他们不会再提第二个问题了，有点儿奇怪吧。那么，接下去就可以不说话了，什么也别说。要是再多说一点儿关于自己或自己生活的事，肯定什么回应也得不到。要知道，所有人都是这样，你也不例外。

“他听我说话的时候，没有不耐烦地动来动去。他安静地坐着。我说这个不是指责他，可能话不那么好听，但他们夸你做的事很有趣的时候其实是在撒谎。他们也对我这样撒谎，他们对所有人都这样撒谎。这种事都一样，没有任何差别。所有人的生活都各有各的价值，你的生活吸引不了另一个人，别做梦了。人们总是觉得自己过得比其他人精彩。尽管他们知道所有人都是这样想的，但还是固执己见，认为是其他人错了，实际上并非如此。没办法，这就是事实，在巴黎生活、读哲学，或是做其他什么事都没什么差别。（克拉拉没跟我这样说过。我们谈话的时候她肯定这样想了，但她没说出来。）我们老是费力气来自欺欺人。”

我没有听清她丈夫说的话。我站在门的一侧，只听到他在姐姐谈话的间隙或者在她向他提问的时候，发出“嗯，嗯”的声音，表示他正在听。

“我告诉他这很奇怪。只要仔细想想，没有人会相信这种谎言，但所有人都还是这样撒谎。我跟他说：‘你自己也不是傻瓜，应该看出来雷德对你撒谎了。’

“发生在我们邻居艾塞娜家的事也是一样。好吧，艾塞娜确实有点儿难看，我没有恶意，我很喜欢她，尽管我不想羞辱她，但她确实有点儿胖。她很痛苦，并为此付出了巨大代价。所有人都推搡她，我指的是那些男孩子，他们讨厌她。毫无疑问，没有男孩和她亲近。她都十八九岁了，还没被约出去过，男孩们都厌弃她。你知道他们都是些蠢货，当他们成群结队地聚集在公交站或其他地方时，若看到我们和艾塞娜一起走过，就开始说艾塞娜一个屁股顶两个屁股或者三个屁股，她站着还没有滚着走容易，诸如此类的话。你知道他们是怎么嘲笑别人的。他们真是既愚蠢又粗鲁。后来，我渐渐发现：男孩子单独一个人时可以很和善，但一旦他们成群结队，就变得很蠢，与之前判若两人。

“周三下午，我们在艾塞娜家打牌，这已经成了一种习惯。通常是三个人组队，有时玩卡牌特[1]，有时玩塔罗牌。我们都知道，

---

① 卡牌特（Crapette）：一种纸牌游戏。

艾塞娜每次都会说一样的话：她很不幸。时间一到，她就开始说因为长成这样，她遭遇了很多不幸。当然，你也知道，她只能和我们说，因为只有我们支持她。我紧紧挽住她的胳膊，安慰她：'不，艾塞娜，你很漂亮，别信那些男孩子的话。你知道，他们都是蠢货，他们的话什么用也没有。'很奇怪，我说这些话的时候，很清楚我在撒谎——不是说男孩子蠢的时候，而是夸她漂亮的时候。艾塞娜也知道我在撒谎。在说这类假话时，我常感觉身体里有一颗大冰块，冻得我四肢麻木。和我们在一起的瓦娜沙会摇着头补充道：'没错，艾塞娜你很漂亮，你有属于自己的美。不要和杂志上那些女孩进行比较，她们要是不化妆、不做发型，都是丑女。她们漂亮是因为她们每天早上整瓶整瓶地往脸上倒化妆品——而你就漂亮得很自然。自然的美是最重要的。'没人相信这番话，我们三个谁都不信，但我们还是试图相信这些话是真的，希望我们说的谎话不那么假。总之，我肯定艾迪也知道雷德在撒谎。（即使雷德不是真的觉得我的话有趣，我还是会很高兴。他之所以吸引了我的注意力，是因为他表现出了对我的兴趣。他是否觉得我的话有趣并不重要，哪怕他撒谎了，只要他试图取悦我的态度是真的。）

“他又问了些其他的问题，都没什么新意，是所有人都会问的问题。你在巴黎住了多久了？你等会儿要做什么？……艾迪说自己开始默念‘我应该睡觉，我应该睡觉’。但艾迪说话的语气越来越弱，他们俩每走一步，他的语气就弱一分。那时，雷德问艾迪是否有英国或者德国的血统，他说他觉得可能有。艾迪回答说很不幸，都没有。艾迪笑着引用了我们的爸爸在描述自己家庭时常用的话：‘就像我根红苗正的法国人爸爸说的那样，我们血统纯粹，父母是法国人，祖父母是法国人，祖祖父母是法国人，祖祖祖父母也是法国人。’爸爸的这句话让雷德大笑起来，逗得他乐不可支。”

五

我见到雷德时，他已经三十来岁了。雷德告诉我他是卡比尔人[1]，在他出生前二十多年，大约二十世纪六十年代初的时候，他爸爸来到了法国，并且不得不住在巴黎北部郊区的一所移民之家里，我不确定具体是在哪里。他爸爸只带了一个装得满满当当的小箱子，还有身上穿的那身衣服。这不是因为他一无所有——尽管他确实没什么贵重物品——而是因为住在那里不能带更多的东西，好像穷人就必须表现出自己的贫穷一样。雷德在我家楼下对我谈起了这些。后来，我们来到我家，我请求他再讲讲他的故事、

① 卡比尔人（Kabyle）：阿尔及利亚的柏柏尔人，其居住地是半山区地带，从地中海延伸到大卡比利亚 (Grande Kabylie) 高地南坡，从代利斯 (Dellys) 延伸到奥卡斯 (Aokas) 角。

他的生活，于是他继续讲了下去。他爸爸为了逃跑，穿过整个卡比利亚地区[1]，孤身一人——他不想和别人一起上路——连续走了许多天。在逃跑过程中，他爸爸曾穿过沙漠，睡在沙子和泥土之上，也曾躲在丛林里。

我和克拉拉说，雷德的爸爸可能是一个永远幻想着逃离的人。逃离是种常见的愿望，但确实能改变平庸的生活。他也许是想去一个没有朋友、没有家人、抛却过往的地方，我第一次来到城市时就是这么想的。我不应是个个例，我不可能是唯一这么想的人。当然，我知道这种想法很幼稚，但幼稚同样也是逃离的条件之一。不幼稚，我们就不会逃走。克拉拉听了我的想法后，补充了几句。我告诉克拉拉，他可能觉得，离开了就能从过去中解脱。没有过去，经历一片空白，就不必羞愧。这样，他便可以改头换面，不再压抑自己，允许自己干所有默默想过的疯狂事——把头发染成别的颜色，用不一样的姿态走路、欢笑，文身——所有我们因为害怕打破规则而不敢做的事。“你对自己的认知、你所做的事、你将担任的角色，都会大变样，没有人能认出你。”即使最普通

① 卡比利亚地区（Kabylie）：阿尔及利亚北部柏柏尔人聚集区。

的地方也可以进行改变，如说话、打扮和自我介绍的方式。雷德说他爸爸是来赚钱的，但这一点儿也不矛盾。

逃离也能拯救过去。雷德的爸爸可能把自己的逃跑视作一次机会，不是在未来可能会帮助他儿子的机会，也不是一个可以彻底改变现在的机会，而是能够重塑过去——而非现在，因为已经太迟了，雷德的爸爸自己说过，“太迟了”——的机会。用未来给过去赋上意义，将儿子的成功作为绝望的最后一击，这就是他一生的成就。借此，他可以告诉自己，所有他做过的、经历过的和忍受过的，都不是毫无意义的。为了这个目标，他曾经辗转反侧，不断进取，所走的每一步都经过精确的考量，过去的一切也因此被赋予了至高无上的意义。什么也没失去，所有经历过的痛苦和失败都可被视作为未来做出的投资与牺牲。过去是我们唯一能改变的东西，我肯定，相较于未来他更害怕过去。

雷德的爸爸到法国的时候，手上拿着一份地图，上面标明了移民之家的位置。他在到达前盯着这张地图看了几个星期，好像看久了字母就会活过来，在他面前实体化一样；好像坚持看这张地图，他就能发现其中隐藏着的、与他即将要过的生活有关的真理似的。他有点儿怀疑自己走反了方向。有一天，迪迪尔跟我说：

“我们在得到或者以为即将要得到梦寐以求的东西的时候，往往只想着逃走。”雷德的爸爸站在移民之家门前，畏惧和忐忑蜂拥而至，他无法行动，只能一动不动地站在那里，心里想着：现在该按门铃了。但他没按。他可能哭了，也可能笑了，还可能在泪水中露出了微笑，喜悦之情一望皆知。泪水通常与忧愁相连，所以泪水中的欢笑构成了极大的反差，使笑容的意义成倍增加。我想象着，他可能站在移民之家前，从右走到左，从一个角落走到另一个角落，久久犹豫不决。马路另一边，穿着荧光工服的清洁工看到这一幕，被逗得放声大笑。

雷德的爸爸跟雷德讲了之后发生的事。他还是按了门铃，门开了，但没有人出现。照在地砖上的光束变粗了，在涌出的光线下，他的影子变大了。我想象着从背后看雷德的爸爸，他应该有着和他儿子一样强壮与漂亮的脊背。门缓缓地打开，好像在挑战门口的人的耐性。没人出现，什么也没有，一片漆黑。他在黑暗中呆了几秒，心里想着是有人开了门，还是一阵愚蠢的风吹开了门，或者是他自己在极度紧张中意外打开了门。他没有动，有些人在害怕的时候就会无法动弹。门洞中逐渐显现出一个人的身影，是移民之家的主管。主管的面容逐渐浮现出来，像鸟嘴一样弯曲的鼻子、乱糟糟的眉毛。雷德没告诉我主管喝没喝醉。可能他出现后，一张开嘴说话就让雷德的爸爸感受到一股扑面而来的温热的威士忌气息。当然，也可能完全相反，这位主管滴酒不沾，一闻到酒精和香烟的味道就感到恶心，永远纯洁，身上总是散发出一股马赛皂[1]和发膏的味道——这种气味和威士忌一样让人反胃、恶心，难以容忍。

雷德的爸爸跟雷德说了很多关于移民之家主管的事，但雷德只告诉了我一部分。主管是一名退伍军人，后来在搜索信息时，我发现大部分此类移民之家的主管都曾是军人。人们觉得他们在维持秩序方面更加在行，而且因为他们中的一些人曾在旧殖民地打过仗，所以更加了解移民。

雷德告诉我，主管对他爸爸比对其他人，尤其是阿拉伯人要好，因为他爸爸是卡比尔人。主管认为卡比尔人比阿拉伯人更勇敢、更值得尊重，甚至要更干净。当然，雷德的父亲也这样想，雷德也是——我不确定他是否受了他父亲的影响。当时，我们在街上走的时候，雷德告诉我他不喜欢阿拉伯人，我不记得他骂了

① 马赛皂（Savon de Marseille）：一种清洁能力很强，用于身体保湿的香皂。

哪个词，只记得他恶狠狠的样子，我装作没有听到。几天后，我很难回想起当时我在想什么。雷德谈起阿拉伯人时，说话的感觉和警察一模一样。（过了几个月，一位朋友和我说，归根结底，雷德和那些警察一样，也是种族主义者，只不过导致他们成为种族主义者的原因不同。我虽然讨厌他，恨他，瞧不起他，但是听不得任何人骂雷德。我想保卫雷德不受朋友的攻击，要是有人可以说雷德的坏话，那个人也只能是我，我是唯一有资格骂他的人，因为他欠了我一笔。）那天夜里，我无意识地忽视了所有雷德身上令我不舒服的东西。直到今天，我才意识到，我是如何选择性地看见事实，以防我喜欢的形象被雷德真实的样子玷污。

在雷德描述他爸爸常说主管是个暴力专横的人时，我脑海中立刻浮现出了这位主管的形象——我想到的是奥蒂夫。听别人讲话的时候，我常任由记忆向我袭来，穿过我的大脑，正是回忆才让我感到我现在是存在的。我听雷德说话的时候，首先想到的是一个叫奥蒂夫的女人，我上次见她还是在十多年前。我敢肯定移民之家的主管和她非常相像。她年纪很大，独居，是许多村子里或多或少都会有的那种孤僻阴沉的女人，人们总是把她和女巫联系起来。她经常被人看见走在薄雾笼罩、寂静无声的路上——法国北部的小路；她经常骑一辆鲜亮的橙色自行车——车对她来说有点儿大了——毫无目的地，在我们不知道的地方间来来往往。她很讨人厌，这点获得了所有人的一致赞同。村里有许多关于她的谣言，并且日积月累，越来越多，都是过耳难忘的故事，大部分都与她隐藏在沉默下的能量相关。我觉得人们能感觉到她的沉默是有意为之，她不是讲不了话，而是尽一切努力不去讲话——这样的话，性质就变了。所有村民都知道这些故事是编的，但他们还是乐此不疲地反复絮叨。讲的人知道是假的，听后接着向别人传播的人也知道是假的，但他们还是继续传。群体的谎言扩散开来，越传越广。几年后，不知道人们是否还记得这些故事不过是一场巨大的群体幻觉导致的结果，还是已经忘记了事情的起因。

在这些谣言中，有两个流传得最广。第一个是她在战争期间靠和德国人上床获得了一大笔钱，因此发了财。我经常听到有人说:“她通过跟德国人睡觉，把口袋塞满了。”

第二个是她对自己外孙女的死负有一定的责任。她的外孙女在上幼儿园的年纪死于一场来势汹汹的疾病。这个话题在人们的谈话中反复出现——在牌局上，在夏天的滚球戏中，在市政府前的红土地上，在谈论天气的时候，人们都会不加思索、习惯性地谈起这个话题。小女孩向奥蒂夫的女儿抱怨自己头疼，于是妈妈带她去看了医生。医生说不要紧，“没什么可紧张的”，不过是偏头痛，“这个年纪的孩子运动后经常会这样，大一些就好了”。但小女孩还是痛得直哭，在学校里哭闹，于是奥蒂夫的女儿又带她去看了医生，医生开了多利潘[①]，她吃了八到十个月这种药。后来有一天，医生发现她得的不是偏头痛，而是癌症。这个消息像闪电一样传开了，每一个刚知道的人都会告诉另外三个人，这三个人又分别再告诉三个人，不到一个下午，所有人就都知道了。在疾病入侵的这段时间，她只吃过一些消炎止痛药，直到癌细胞扩散，一切都来不及了，她已经无药可救。癌症确诊后，孩子只活了一两个月。在这一两个月里，所有人都把这场即将到来的死亡挂在嘴边，用假装克制的样子做出种种预测。然后，这一天终于来了。

之后几个月，人们一直在谈论那具小小的棺材。人们预见过的可怖场景来得很快：一个和鞋盒差不多大的骨灰盒放在教堂的

① 多利潘（Doliprane）：以扑热息痛为基础成分的非抗炎解热止疼药。

广场上。没有人敢再说奥蒂夫的不好，人们为她难过："可怜的女人，她不该承受这样的痛苦。"人们送她小礼物，通常是花和巧克力，表示对她的支持，告诉她她并非孤身一人。一些人甚至还组织了募捐，想替她支付葬礼费用。人们的憎恶则转移到了其他人身上。我跟迪迪尔说，对他人的憎恶是一种天生就无法消除的情感，它只能从一个人转移到另一个人，从一群人转移到另一群人，从一个团体转移到另一个团体。憎恶不需要有特定的对象，只要有载体就可以再生。因为憎恶比任何感情都强烈，所以在后来，人们对奥蒂夫和她女儿的同情越来越少。过了很短一段时间，不到一两个月，人们已不再谈论她们的不幸，相反，觉得奥蒂夫和她女儿也有部分责任的言论甚嚣尘上。不知道为什么，新的流言飞快地流传开来：时间证明了一切，现在我们知道了小女孩的妈妈和外祖母都是有责任的，她们并不全然无辜。根据传言，她们太粗心了，不够谨慎，她们本可以救活这个孩子的。所有人都知道不是这样的，但他们还是继续这场道德审判。

奥蒂夫，因为这些谣言和她自己的态度，一直被人们讨厌。多年的被讨厌和被排斥使她变得尖刻、恶毒。被人讨厌的人最后会变成招人讨厌的人，确实如此。我和别人一样恨她。她追逐在路上遇到的小孩，包括我，她向他们大喊：“礼貌些，对上了年纪的女士要微笑。不要整天玩掌上游戏机和电脑，要让大脑休息。啊，我们那时候更知道怎么玩耍，拿三段木头、一段绳子就能玩一个周末……”尽管我对她的遭遇满怀同情，而且现在我也明白是她的经历让她成为一个愤世嫉俗的人，但那时我还是和别人一样厌恶她。当我想到移民之家的主管时，这个名字第一时间出现在我的脑海里。我昨天告诉了克拉拉这点——她对奥蒂夫很了解——向她提起这个名字可能有些残忍，但这是必要的。

雷德的爸爸在移民之家待了一个小时后，就了解了很多信息，认识了其他一些人。这些人都在这儿住了很久，这点不仅体现在他们对地点、工作内容、时间表的熟悉上，还流露于他们的神态、站姿、笑容和说话看人方式中。雷德的爸爸也说不清他们为什么如此相似，好像是同一台机器制造出的人，同一位母亲生的孩子，一模一样。这就是移民之家。

又过了不到一个小时，他就全明白了：之后的许多年，他都必须和另外四个人一起睡在一间狭小的房间里——四个人睡在两张拼在一起的床上，第五个人睡在地上那张潮湿发霉的毯子上。

他也知道了：火灾是移民之家的常客，有时候会造成伤亡；要是热浪超过了某一温度，火势被控制后，可能会发现一具已经被烧焦了的尸体——干瘪，比平常的体积小两三倍，泡在一摊身体燃烧时流出的、已将近凝固的人体脂肪中。我忍不住去想象那幅场景。

雷德的爸爸知道，不论任何理由，只要他有“不良表现”就会被遣返，正如主管说的那样。（*但没人知道“不良表现”的真正含义是什么。*）他知道如果他去工厂迟到了——雷德告诉我，当然，他爸爸的上工时间是精确到分钟的——就会被遣返。他被告知不能带女人回房间，也不能带外面的男人，如工厂的朋友回来——主管担心这群缺少女人的男人会用他们现有的东西应付需求。雷德的父亲发现政府使他不得不说谎。他说自己的家庭在国内，他得给他们寄钱。他用骄傲的语气撒谎，因为他得让别人相信。他说当他回国后，法国的生活只会给他留下繁荣、快乐的印象。（*相关部门除了成为一台制造谎言的机器还能干什么呢？*）

有时，主管在他的妻子和孩子都不在的时候，会邀请雷德的爸爸去他的私人公寓。大约在晚上九点，主管拿着一杯酒，推开门，让雷德的爸爸坐下，问他是否可以放点音乐。然后，不等雷德爸爸回答，就起身打开了收音机。雷德的爸爸讨厌这种音乐，觉得它下流，但他一言不发，只静静地坐在沙发上，每听到相同的调子就皱起眉头。两个小时后，厌倦了音乐的主管在把他打发走前会一个人大发感慨，跟他说："有时我会问自己，我在这儿干什么呢？……我有时想一走了之，不想再看这些深色皮肤的人。……我有时告诉自己，肯定存在一个人们想做什么就做什么的国家，没有人看不起你，没有人评价你的好坏，你可以光着屁股在街上走路，没有人说你该做什么不该做什么，我要是离开这儿就会去那个地方……"雷德的爸爸保持着沉默，觉得面前的男人和音乐一样令人恶心。

但对雷德的爸爸来说，生活中最难以忍受的，不是肮脏的住所和专横的主管，不是只有五六平方米大的狭小房间，不是缺少衣橱，不是卫生间里散发出的恶臭——那股味道好像是从地心出发，穿过了所有潮湿的管道和腐烂的墓穴，终于到达了这里，并在整栋大楼里扩散开来。也不是虫子，不是每个孔隙、每个摇摇欲坠的家具下都有的蟑螂，不是厨房里由于糟糕的电力设备经常会响起的火警警报，不是因为饥渴而接踵而至的春梦——出于对女人或是男人的渴望，性器在被单下变得湿润、坚挺，直到闹钟响起时才消停。在所有的困难中，最让雷德的爸爸难以忍受的，是声音。移民之家所有的居民在被问到什么是这里最大的灾难时，都会咒骂声音。

雷德的爸爸告诉雷德，与声音相比，其他的东西都能忍受，因为声音是几乎无法逃避的事物之一。床脚长短不齐，可以修好；新的咖啡壶可以通过要手段得到（尽管是非法的）；蟑螂可以用药杀死；但声音，摸不到抓不着，无法阻止。去抽摔门的人一耳光毫无用处，声音从早到晚无处不在，人在不经意间就会发出声音。声音顺着耳道，在身体中回响，扰乱每个器官的宁静。由于缺乏空间，原本的大房间被胶合板隔成了一个个像雷德爸爸住的那样的小房间。里面住的人有些上早班，有些上晚班，不断有人在工厂与移民之家间来来往往，关门声、呼噜声、做噩梦发出的尖叫声、床嘎吱作响的声音，一起构成了声音的地狱。休息是不可能的，夜里睡不着，睡意来时又不能休息，循环往复，而疲惫使声音更加难以忍受。

雷德是卡比尔人。在我重复这一点的时候，男警官或女警官打断了我。我说雷德是卡比尔人这句话彻底改变了这个夜晚。“你能分清他们和阿拉伯人吗？”他们等着我的回答。我犹豫着，像大部分人一样，我在这种情形下表现得像个傻瓜。我像回答一个普通问题一样回答道：“他不是阿拉伯人，而是卡比尔人。”我之前看过一些关于这个地区的研究，因而对卡比尔文化有一定了解，甚至知道一些他们的文字。尽管今天我都忘了，但当时我确实记得。我告诉雷德，我很（我夸大了）了解卡比尔文化，他非常惊讶。然而，警官还是持怀疑态度，对我说：“你确定他是卡比尔人吗？很明显，他可能对你说了谎。他很有可能为了……”这次我没让他说下去，我说：“我和他说一些卡比尔词的时候，他都知道。”雷德认了出来，并将其翻译成了法语。我集中精力，努力让自己想出更多的卡比尔单词。后来，我对雷德说了句谚语——Azka d Azqa。我的错误发音逗乐了他。为了装作非常了解他们的文化，我表现得太过厚颜无耻，所以我没把这一段告诉克拉拉。雷德让我再说一遍，并告诉我：“这句话讲的是明天、坟墓和死亡。”我让雷德讲讲他的母亲，过了一会儿，他满足了我的要求。

六

我一直盯着面前的门。我很冷静，也试图保持这种冷静。克拉拉告诉她的丈夫，在那时，我注视着雷德的眼睛，很高兴遇见了他，庆幸自己拒绝了若福瓦再喝一杯的提议。在我离开前，若福瓦想让我再喝最后一杯，我拒绝了。我不知道为什么推开了若福瓦递过来的酒瓶，可能是太累了。经历过和雷德在一起的一夜后，我浪费了大量时间来提出没有意义的问题。我向克拉拉承认，这些问题没有任何用处，得不到回应，也没有答案，只是用来打发每天的时间，让自己除了一遍遍思考这些问题不做别的事。除此之外，我有时也会进行重复机械的动作，让自己不再想这些问题。例如：一天铺好几次床，在地上捡东西（如一支钢笔、一根头发），或者把放餐具的抽屉里的餐叉摆整齐。我问自己，要是我喝了若福瓦的那杯酒，晚五分钟过马路，是不是这一切就不会发生了。是不是只要一个小的改变，比如说，多喝或少喝一杯酒，在离共和国广场几十米的地方停下来系鞋带，或绕道走一条我更喜欢、更漂亮的路，我就不会遇上雷德？我知道，即使有了这些改变，我也还是会遇上雷德，不在当晚，就在之后。这是我命运地图上的必经之路。

我们到了宝塔区和瓦尔米车站交汇处的十字路口，周围环绕着路灯。我走得慢了一些，希望能在回家睡觉前和雷德谈得久一点。我对他几乎一无所知。我祈求自己不要功亏一篑，并在心里默念："他对你感兴趣是因为街道上空空荡荡，没别人了，你是唯一一个在这个时间还在街上的人。"

离我家越来越近了，雷德继续恭维我，有些话近乎谄媚。风还在刮，穿透了我的衣服，我的头发在脑袋上立了起来。我试着用手将头发平贴在前额上，但刚把手拿开放进大衣口袋或者指尖刚刚碰到口袋，还没伸进去，头发就又竖了起来。

然后，我彻底放弃了。

“他知道他会带雷德回家的。现在，他很确定。他跟雷德谈雷德的阿拉伯血统（她搞错了，雷德不是阿拉伯人），从那时起他就知道那个负隅顽抗的自己已经消失了，死了。至少他是这么想的。他们做了什么？不过是一起走了五百米路，但他们表现得这么熟，好像已经一起走了三天。（事实上，放下自行车后，在雷德来搭讪前，我独自走了五十米路，所以我们一起走了不到五百米。）

“然后，该发生的终于发生了。雷德没了耐心。终于来了。他把手指放在艾迪的嘴上（我感受到他放在我嘴上的手指的温热气息），让他闭嘴并对他说，他们不能这样闲逛一晚上，什么也不干。坦白说，我知道雷德不怀好意，但这句话我能理解，很正当。他说他们得做些什么，因为他们不能像苦役犯一样在街上待到天亮。艾迪没回答，沉默着低下了头，不知怎样回答。雷德坚持问：‘我们现在做什么，去哪里？’

“但他用的不是生气的语气，一点儿都没有。他说这些的时候没有生气，你知道，是另一种类型的没耐心。我不知道怎么形容，不像有人不耐烦时会生气，雷德没耐心时会再等一会儿，以求听到自己期待的答案。这不一样，他知道自己终将成功，他也想成功。你懂的，那是一种愉悦的没耐心。

“他猛烈进攻，直接插话一字一顿地问：‘我们做爱吧？’该死，多么莽撞。好吧，你知道，这就是艾迪想听的。就好像问一条狗想不想要骨头。艾迪一直在等这句话，等了很久了。他希望雷德加快节奏，速度快些。他之前的抵抗都是为了让雷德说出他期待的话，而不是为了让雷德闭嘴。

“我也不知道怎么说。艾迪的脑子现在已经做出了决定，他要带雷德回家，这是一件毫无疑问的事，一个已经有了答案的问题。他知道他想带雷德回家上床——我不说太细了——他是肯定不会看书的。书，忘了它吧，再见了。

“但是艾迪的反应并不激烈。他的脑子想说好，但他听见自己的身体说了不。艾迪的身体似乎不受大脑支配就做出了反应，就好像用锤子锤膝盖时的条件反射，他的身体先于他的大脑行动了。他听见自己拒绝时非常惊讶，然后继续听着自己的身体违逆自己，说出一大堆话。他和我说，他的大脑想要带雷德回家，但他的身体却条件反射般地对雷德撒谎了，大脑咒骂身体，但毫无用处。（我恨我的身体。）他继续说谎，他说（或是我的身体说）：‘你想想，我把你带回家，会造成多大的乱子。简直难以想象我家人发现我和一个男孩子一起待在房间里会是什么反应，我最好别去想这个。灾难！这会成为家庭危机，我说出来你都不敢相信。我兄弟总说他永远都接受不了这个，要是我带你回家，他就会杀了我。那将是家庭大战。他们不会再让我踏进家门一步，还会把你揍得连你妈都认不出来。'

“我觉得他可能又夸张了。他本可以撒另外一个谎，而不是说我们绝不接受这种行为。他有很多借口可以用，我不明白他为什么不找别的借口。一直以来，我们都尊重他的性向。他告诉我们他和别人不一样的那天我还历历在目。我向你保证，我们回答说什么都不会改变，我们还会爱他，永远，他对我们来说还是同一个人。（*她撒谎。*）我们告诉他，重要的是他的幸福，这比一切都重要。（*她撒谎。*）妈妈对他说：‘我最在乎的是孩子们的幸福，是他们能过上幸福的生活。这就是我想要的，没有别的。钱，我不在乎，它不重要。我要的是孩子们幸福。只要幸福。’当然，我们也要求在他回来的时候，不要让村里人发现他的性向——尽管他回来得少。因为要是他被发现了，我们家得为此付出沉重的代价。你觉得会发生什么？你和我一样，知道这里的人是什么样的。他们是乡下人，不夸张地说，我们一家五代都会在他们的眼色下生活。他们不会放过我们，我们会被打上标签，每天听指桑骂槐的话，过人间地狱般的生活，永远。他们会在我们背后嘀嘀咕咕，我们的孙子孙女甚至都会在学校被打上另类的标签，过得很艰难。因为这里的人是乡下人。可能肥料蒸气和花粉进了他们的脑子，才使他们的思想变得如此狭隘。但我无能为力，这不是我的错。我们要他表现得别太明显，不要穿挑逗的衣服，这不过分吧。我们也要求他不要告诉爷爷，因为爷爷不会理解，他听到这消息可能会杀了他。我们不能强求他理解，对吧？对不对？他是上一代人，不同年代的人想法不同。他过去过得很苦，先在农场干活，又去阿尔及利亚打仗，再在工厂干活儿。他不会理解的，他不可能理解。老实说，也不该让他在这个年纪为此事烦恼，他这个时候不该为任何问题烦恼了。

“但我们接受得很好。（*假话。*）不过有时我也怀疑，艾迪向我们承认他不一样，既不是为了和我们亲近一些，也不是为了让我们更了解他。恰恰相反，我们承认这个秘密实际上违背了他的心意。因为他其实是暗暗希望我们不要接受他，希望我们因厌恶他的秘密而容不下他，然后自然而然地和我们疏远。这样，他之后就可以用他傲慢的语气和其他人说：‘你看，我和他们疏远是他们的错。’因为不必负责，他就可以到处宣扬‘是他们抛弃了我，不是我不要他们，看清楚，这都是他们的错’。这是一种非常怯懦的行为，你知道这类手段是怎么起作用的。我找时间思考了一下，觉得——当然，我没对妈妈说，我不想让她不高兴——艾迪认为我们接受得太容易了，我们对他的秘密接受得太容易了，他恨我们，因为他的计划失败了，他不能去告诉别人他之所以疏远家人都是因为我们的错。我想了很多次，他永远无法原谅我们接受了他。就是这样。我扯得太远了，我说到哪儿了？艾迪道歉说自己不能带雷德回家。他说，或者说他听见自己的身体在代替自己的大脑说：‘对不起，我不能带你回家。’虽然说了好几次但都表达得不明确。而雷德又做了什么呢？他在艾迪说话间，第二次抓住艾迪的手，穿过自己的运动裤，把它放到了自己的身体上。雷德只穿了一条运动裤。艾迪猝不及防——当然不是指运动裤，而是雷德的手。雷德说：‘那和我去咖啡馆喝杯酒吧，就在咖啡馆，就五分钟。给我一个机会，就一个机会。求你了。’雷德当然会补充说由自己来付钱。艾迪一直不说话。雷德再次握住艾迪的手，把它放到自己身上，一边说着诸如‘你太英俊了’‘你的金发是我见过的人里面最好看的’‘你有最蓝的眼睛’之类的恭维话。

他久久地哀求艾迪。终于，艾迪同意了带他回自己家。”

我回心转意后，承认自己刚刚撒谎了，其实我没有和家人住在一起。雷德想知道我为什么离家这么多年，尤其是为什么不和家人一起过圣诞节。他猜是因为我的学业。我告诉他，学业是后来的事情，我是先逃离了家，很久之后，我才有了去学习的念头。因为我发现学习可能是我唯一的出路，使我不仅能在距离上远离自己的家，还能改变我的社会阶级和生活环境，使我远离我的过去。我原本也可以像我的兄弟一样成为工人，到离父母家三千米的工厂上班，再也不去看望他们。但这样是不彻底的逃离，我的身上还是会留有我叔叔们、兄弟们的样子：一样的语言习惯、一样的饮食习惯、一样的穿着打扮、相同的兴趣和多少有些类似的生活习惯。只有完成学业才能让我完全逃离。雷德问我：“无论如何，你不都是要去看望他们吗？你不去看他们他们也会来看你。你应该去看看他们，是他们养大了你。”他的这些话使我觉得他是个孝顺的人。

“然后，他们去了艾迪家。艾迪住在五楼，到了门前，他想开门，但找不到钥匙了。艾迪有点儿慌了，觉得大事不妙，一切都完了，相遇、谈话，所有的事，都是浪费时间，因为他不能带雷德进他家。我说：‘要是一开始就不浪费这些时间，你第二天还会是好好的。’他对我的打断很恼火，他回答：‘是啊，浪费时间。’他就是那么一说。毕竟，最后他还是找到了钥匙。”

钥匙不是我自己找到的。实际上，是雷德把手滑进了我的口袋，先翻了一个口袋，而后又是一个。透过布料，我感受到了他手的温度，他的手指又湿又热。是他找到了钥匙。这是我没告诉姐姐和警察、而只告诉了迪迪尔和若福瓦的几个细节中的一个。尽管有些细节构成了那一夜气氛的一部分，同时也影响了我的情绪，但我没跟警察说。我没说，后来在我的公寓里，我关了灯，外面墨蓝色的灯光透过百叶窗照了进来，我看到被隔成细条的光束投射在雷德的胸膛上、手臂上、脸上；我也没说雷德在逃跑前，在强暴我、拿出围巾前，在陷入暴怒前，曾提出替我按摩，我接受了。除了迪迪尔和若福瓦，我觉得和任何人说这些都很荒谬。

我直接告诉警察我们进门了，没说别的细节。在我面前，两位警官是静止的，看上去和椅子、墙上泛黄的禁毒海报一样，都是办公室装饰的一部分。但我知道他们的聆听的重要性。做完笔录的第二天，我就向克拉拉、迪迪尔和若福瓦说了警察那些不合时宜的种族歧视的言论以及警察对我的不理解与纠缠，所有这些都让我疏远、讨厌他们，但他们确实也提供了重要的帮助——他们提供了一个让我有条理说话的地方。很明显，我一来，他们就让我感到自己必须说话，我的语言在后来还保留着这种被要求说话的痕迹。

在我叙述我们是怎么进了我的公寓时，坐在办公桌前的男警官问："直到那时，他都没有表现出任何有攻击性的迹象吗？"我说："没有。相反，他有趣、亲切。我回想时，觉得对第一次见面的两个人来说，我们可能有些太亲切了。"警官继续问："你和他在一起时他喝酒了吗？你觉得你们碰面前他喝酒了吗？"

雷德告诉我他喝了一点儿酒，但没喝醉。他举止很清醒，不像喝了酒的样子。他脱鞋时，紧盯着我房间里的几堆书，而我在看他。我们开了灯。（*是为了脱衣服吗？*）他微微低头，看了看书的名字，把它小声地念了出来，然后转向了我，问我这里有什么喝的。我这里什么都没有。然后，我想起来冰柜里还有一瓶伏特加，是一位葡萄牙朋友来巴黎时带给我的。因为我不太喜欢，所以这瓶酒一直放在那儿没动，还是满的。我给他倒了一大杯，他喝了一两口，没多喝。我慢慢靠近他，我们拥抱在了一起。他呼气时满是难闻的酒味，尽管他只喝了一口。

警察想知道，我和他靠在一起的时候，有没有察觉他带了武器。我什么也没注意到。毕竟，他很快就脱了衣服，而且就算我感觉到他大衣的内侧口袋里有东西，也不会想到武器上去。休息时，他躺在我的身边，小睡了几分钟，其间他紧紧地抓着我的手臂或头发，好像害怕我跑掉一样。

雷德一晚上起来了三四次，每次都去洗手间冲洗身体。回床上后，他看着那些书，用浑厚的声音说："我从来不看书。我父母可能很喜欢学校，但我不喜欢，我更想干点儿蠢事。"后来，我试图根据这句话和其他一些话想象雷德的生活，寻找他沉默之处的答案。

我告诉迪迪尔和若福瓦，在初中的时候，有一天大家正在上课，雷德突然从椅子上站了起来。原本他和其他人一样，都坐着，但突然站了起来——猛地站了起来，或许还发出了尖叫，然后离开了椅子。他显然不太关心老师的反应，也非常确信老师看到这样冷静、训练有素的动作会一时说不上话。老师确实什么也没说。

所有人都看着雷德。说实话，我能想象出那个场景。在一间沐浴着日光的教室里，刷着浅黄色油漆的木头桌子的桌面在阳光的照射下，散发出一股塑料的味道。学生们正在写字。在安静的氛围中，雷德站了起来，走到了窗户边。他向前走着，绕过那些扔在地上的、开着口的书包。其他人的脑袋一个接一个地转向他，没人知道他要做什么。他们的眼睛跟着他移动，他无声地前进，非常冷静，向着窗户冲了过去。他平静地打开了窗户，就好像他想呼吸口新鲜空气似的，也许其他人一开始就是这么想的：他想开窗换换空气。然而雷德打开玻璃窗，跨在窗户上……

这让我想起我的表兄希尔万也做过同样的事——这是希尔万的伟大成就之一，我们在家里和学校里经常谈论这件事。后来，我和表兄上了同一所中学，还看到了上演这一幕的地方。所有人都记得这件事，多年以后，它甚至成了展现男子气概的举动，不仅是成为男子汉的第一步，也是长大的证明，更是所有男孩的梦想。这次，这个场景中出现的并非我的表兄，而是雷德，于是我把希尔万事件的主人公换成了雷德。

雷德一言不发地用手打开了窗户，周围的人因为震惊都非常安静。他的动作像慢镜头一样，一条腿离地，弯曲，绷紧，再次弯曲，跨过窗沿。突然，教室里沸腾起来。一开始老师和所有人一样震惊，一直不说话，突然，她意识到他要做什么，发出了一声尖叫。雷德也尖叫了一声，比老师的声音更大、更尖锐，盖过了她的声音。相比之下，老师的尖叫是如此微弱、不起眼。别人告诉我，表兄当时就是这么做的，我听后也大肆传播。雷德吼叫着："我要自杀，我要砸碎我的脑袋。"老师慌了，不停地安慰他："你别冲动，再想想看……"我对迪迪尔和若福瓦说，这场面就像一幅画，老师站在画框的右边，用手捂着嘴，眼睛瞪得大大的，好像马上就会从眼眶中掉出来，身体无力地应对着眼下的情况；雷德站在画框的左边，处在几乎和老师对称的位置，一条腿在窗外，怒吼着："我要砸碎我的头，我要砸碎我的脑袋，我要在窗户上摇摆……"在金色的阳光下，他的脸被照成了粉红色，眼睛闪闪发光，前额上的静脉因为吼叫而凸起，嘴唇上的口水亮晶晶的。阳光环绕着他，看到周围人害怕和钦佩的目光，他心花怒放，努力抑制自己不因说话时喷出的口水而笑出来。旁边的人中有些认为他不会跳，有些认为他会跳，有些希望他跳，有些不希望他跳。

他做这件事毫无理由，我对迪迪尔和若福瓦说，这是关键，他没有任何目的。他和老师没有任何矛盾，他只是想看看她在恐惧下会变成什么样，他想让其他人哈哈大笑，想展示自己是什么样的人，想表现出自己绝对特立独行——无论是雷德还是希尔万，都是特立独行的代表人物。雷德不是在回应冲突，而是在制造冲突——掌控场面的是他，其他人不得不对此做出反应，他来选择冲突何时发生、怎样发生、达到什么样的程度，而其他人的反应则由他掌控。

七

我意识不到我说了些什么。我叙述自己的回忆时不知道自己正在说什么。两位警官向我提问，使我不得不以一种不适应的方式叙述和雷德在一起时发生的事。他们要求我以一定的格式叙述，导致我忘了发生过的事。我迷失了。记得有一次，因为他们的提问或是指令，我漏掉了我想说的话，回头再说也来不及了。一件事如果没有在该说出来时说出来，之后就会消失不见，无法回溯，不可逆转，真相也会随之远去。我感觉，我在警察面前讲的每一句话都让另一些话永久消失了。我知道，为了不忘记任何东西，有些事我不该说出来。如果警察一定要我说出所有事，那我可能会忘了一切。

雷德在我家中待了两个小时了。

克拉拉对她丈夫说："他们躺在被子里聊天。对艾迪问的问题，雷德总回答：'等会儿，我晚些再告诉你。'我不明白，艾迪为什么没起疑心。这不正常。"

她说，最后她明白了我为什么毫不怀疑，这是因为我陷入感情的速度总是很快，无论对象是谁。我还是小孩子时就是这样，之后一直没变。她又说她不会当着我的面这样说，因为她知道，我肯定会一遍又一遍地解释：我之所以陷入得太快，是因为我孤单，不被家庭接纳。她说她不想听这个，这不是真的。

"然后，雷德说他要走了。他是管道工人，摸着黑干活儿的那种，第二天早上得很早上工。哦，到处都有干这种小活儿的人，就像我们这里一样，修理管道、电路，排除汽车故障……（读者们，你们的爸爸可能也有这类朋友。他们在花园里修理东西，然后围在买来酒水的主人身边表示感谢。他们的手因沾上电器或汽车发动机的润滑油而变得黑乎乎的，掌纹也变得模糊不清了。为了快点洗掉油污，他们会向手指上洒汽油，导致手上长了小水泡，手指的硬皮上布满了白色裂口。）

“雷德说他要走了——尽管我们永远无法知道真相，但我确定他那时就已经预谋好了。所有后来发生的事，都有预谋。那时，他不是真的要走，这不过是虚晃一枪，他是在为接下来的事做准备，说要离开不过是撒谎。”

我不信。他或许只是想偷东西，但我不信他计划好了那天发生的所有事——噩梦一样的暴力。我觉得，他是在摸索、犹疑、意外中做出了这件事，而非事先预谋好了的。意外状况接踵而至，面对着这些事，他就像一个努力适应新情况的人。我不会说他和我一样惊慌失措，但他也同样迷失了，不知道接下来会发生什么。情况变化时，他依靠自己的本能做出了反应——我这样说是因为我亲身经历了。他的临时举动使场面变得可笑。当然，这是我的推测，因为他慌乱的态度和尴尬的眼神中有某种可笑的东西。他每做一件事，都好像落入了一个新的陷阱，一系列意外使事态脱出了他的控制。我相信，那一天我和他做出的选择封死了事情往其他方向发展的可能。他做出了更多的选择，也受到了更多的限制。正如我选择到警察局做笔录一样。当然，克拉拉只需要反问我他为什么带着枪，就可以推翻所有这些推论。

“艾迪建议雷德一起洗澡，又问雷德的电话号码，但雷德都拒绝了——这是佐证我观点的首要证据，雷德是有预谋的。艾迪说不是，但是他错了。雷德以前已经干过这种事了，知道什么不该做。这就是为什么他拒绝和艾迪一起洗澡，他当然不会做可能给自己带来危险的事，这很自然。艾迪的建议一般人肯定会不假思索地接受，因为什么歪心思都没有的时候肯定会顺其自然，但雷德得考虑到最小的细节，他什么都想好了。”

当时我让他把电话号码留给我，并保证不会打扰他。但他垂下眼睛，拒绝了。我告诉自己，他是有苦衷的，可能他的生活中已经有一个人了——一个男人或女人——他怕有一天，不小心落在桌角上的手机会恰好收到一条我发去的信息。克拉拉说，我拼尽全力不过是想证明他不想拒绝我，但他不得不这么做；昨天她还说，我一直想让自己相信，雷德并非故意行凶，肯定还有其他原因。可能确实如此吧。

雷德告诉我，我们可以在巴黎的一家老咖啡馆见面，他经常在那儿消磨时光，和朋友们一起玩桌上足球游戏。雷德给了我咖啡馆的名字，我从没去核实过这家咖啡馆是否真的存在。之后我把这个消息告诉了警方，但说完就后悔了。

雷德说完我便走到书桌前，从一本笔记本上撕下了一页纸，写下了一家咖啡馆的名字和地址。自我来到巴黎后，几乎每天都在这家咖啡馆写作，差不多一个月前我在那里完成了我的第一本书《艾迪的告别》[①]。雷德告诉我他会来的，但我再也没去过那家咖啡馆。

雷德去洗澡了。我透过蒙上水汽的隔板，看他站在淋浴头下，两手打着肥皂，身体随之抖动，玻璃上的雾气和水珠使他的身形变得模糊。我想变成他的手。

“但雷德看上去不像急着要走的样子。他洗过澡后，让艾迪去洗了澡。他等着艾迪洗完出来，擦干身体，披上浴巾，开灯并和他道别。多奇怪啊，他本可以趁艾迪洗澡的时候悄悄溜走，但他没有。他一直待在那儿，等艾迪对他说再见。他本来可以走的。好吧……竟因为没有道别而一直等着……然后，艾迪走出了浴室。艾迪想看一眼时间，他总要知道几点了，否则就会不舒服。艾迪在家的时候也一样，每五分钟就要在手机上看一次时间。他说要

---

① 《艾迪的告别》（*En finir avec Eddy Bellegueule*）：本文作者的第一部作品，是一部自传体小说，2014 年出版了法语版本，现中文版本也已上市。

是不知道时间，他就没有任何参照物，什么都做不成了；因为一旦无法确定时间，他就会感觉自己迷失在时间之中，这会让他无法动弹，什么都做不了。他说的时候我就在想：‘你真是该好好做个检查了。’我发誓，他说的就是‘迷失在时间之中’，我听了一大堆这种话，天知道我都听了些什么，但是我还是保持着微笑。总之，为了看时间，他就去找自己口袋中的手机，但手机不在口袋里。手机不见了。雷德一直站在那儿，一动不动的，像法官一样严肃。”

八

我思考着手机不见了的原因，但不敢说出来，也不敢多想。我集中精力，不再想这件事。

克拉拉向她丈夫描述，在手机不见后，我是怎样违背常理地反复掏着口袋，好像手机会因为我的意念和手指的动作突然出现在空空如也的口袋中。

做笔录时，女警官说："在我们警察局的记录里……大部分的盗窃案……都是外国人做的……其中大多数是阿拉伯人。"为了不拖延时间，我既没抗议，也没骂她，我知道她想要一个答案。

为了看时间，我想找出洗澡前开了机的手机，但没找到。我告诉警察："我觉得，是因为我喝了酒，又疲倦，所以找不到。"其实，我并不认为我是因为酒精和疲惫才找不到手机，我只是希望自己这样想。我的深层意识已经知道了另外一种可能，我讨厌这种可能，但它根深蒂固地扎在我的脑海里。我知道，与其他猜测不同，它才最有可能是真的。然而，我为了让自己宽心一些，自欺欺人地想："你可能不经意间把手机放到别的地方了，你可能把它落在洗手池旁边的脏衣服堆里了。"我告诉自己，我明天会找到手机的，但其实我并不相信自己的想法。

雷德一直站在离我两三米远的地方。我走过去，最后一次拥抱他，把手放在了他的大衣上。（*我为什么要把手放那儿？！*）他的大衣刚刚挂在散热器旁边，还是温热的。我摸到了一个坚硬的长方形物体。然后，我在他的大衣里面看到了一个金属物品的一角，灰色，闪着光——是我的 iPad，我还没发现它不见了。我回头看向刚刚放着 iPad 的桌子，上面没有我的 iPad。

"艾迪觉得雷德偷东西很正常。我对艾迪说：'你真让我吃惊，你怎么能这样想？要是我的话，我绝不可能轻易放过这一点。'我生气了，我对他说：'我不懂你的逻辑，我不觉得偷东西很合理。很抱歉，哪怕我想破脑袋，也不会觉得这种行为合理。所有的小偷都让我恶心。'（*这也是她的执念之一。在她成长的家庭里，*

因为堂兄弟甚至我们的大哥都被司法机关找过麻烦，所以成员们的个人诚信屡遭质疑。为了远离近在咫尺的现实，她养成了一种非常苛刻的关于诚信的道德观，这种道德观采用最为严厉的评价标准。）

“艾迪对我说：‘也许这不对……’我说：‘不对。’他又说：‘对，确实不对，但很合理。’如果雷德真的要花大力气到处做小工，靠干修理赚一些卷了角、蒙着灰的纸币的话，他可能会请求到认识的人或朋友家干活儿以维持生计。你知道，卑躬屈膝地恳求人们‘你有活儿可以给我做吗’或者‘你知道有人需要粉刷吗’的时候真是屈辱。艾迪发现雷德偷东西时，他告诉自己，如果自己处在相同的境地中，他也会偷东西的，他不会表现得比雷德好。所以，偷窃没什么大不了的，这很合理。

“我从没向爸妈告发过艾迪，因为要是他们知道了，会把艾迪打一顿的，还得让他承认他们打得有道理。我知道，艾迪小的时候也偷东西，他缺钱的时候就会去偷。（当然，她对诚信的严格要求在面对家人时就不复存在了。）

“我看见过他偷东西，他可能不知道，但我看见了。他在深夜里和那些在车站喝酒的朋友们一起去的，五六个人，坐一辆只有五个座位的汽车，如果人多，只要一个人坐在另一个人的腿上就行了。他们挤成一团，开着窗户。不知道你有没有试过六个人坐一辆车，简直是地狱，到处都是厚厚的水汽，让人喘不上气，就像把人关在罐头里一样，根本看不见挡风玻璃外的东西。

“他们每个人都带了一把锤子，艾迪拿的是爸爸工作室里的红色锤子。我发现他经常背着包去工作室，但那儿并不是他会常去的地方——他是那种更喜欢待在浴室里的人，你知道我是什么意思——我知道他晚上看完一频道的新闻后就会离开。我们通常利用播新闻的时间收拾餐桌，但艾迪喜欢看新闻。众所周知，没有人会背着包进工作室。我马上就知道了他在玩鬼把戏，藏起了什么东西。我的直觉向来敏锐。

“有一天，我仔细地观察了他。我藏在窗帘后，等他从工作室走出来。你要看见的话，马上就知道他在搞什么把戏了，不过你待会儿也会知道的。你想不到我在窗帘背后藏得多好。为了不被发现，我没碰窗帘，而是通过布的缝隙观察。我想得很周全，因为窗帘一旦动了，我马上就会暴露，家里的窗帘尤其明显。因此，我轻轻地呼吸，以免窗帘因为我呼出的气息而移动。窗帘一动不动。艾迪出来后，我进了工作室。前一天，我已经过来转了一圈，仔细看了桌上、墙上摆的东西，我可是有备而来的。就这样，我发现他拿走了锤子。我一观察就发现了。

“要是爸爸知道了，肯定会气得发疯。作为男人，被人偷了锤子，他一定会暴怒。锤子对一个男人来说是神圣的。他总是说偷窃是最坏的行为，只有城里的二流子和懒鬼才干这种事，我们家绝不允许有偷窃这种行为。不过我敢肯定，尽管他会很生气，但他也会不能抑制地把这视为一个好消息，哪怕他嘴上不承认。我明白，出于父亲的骄傲，他绝不会承认，但也许会松一口气，因为他会觉得，通过这件事，艾迪终于长成了一个男人，一个强硬的男子汉。也许他会怒吼，给艾迪一个终生难忘的教训，而且艾迪可能在一段时间内会过得很艰难，但我肯定，他在知道这件事、揍了艾迪一顿后，会不由自主地在角落里偷笑。因为他会告诉自己：通过偷东西和违逆自己的父亲，艾迪终于成了一个男子汉；他终于迈出了这一步，终于像男人一样，做了这些危险的事。对于这一天，爸爸等了很久了。我不懂为什么，但爸爸可能会既生气又窃喜，这完全有可能，没有理由，他就是会这样想。我敢肯定，要是爸爸知道了艾迪偷了他的锤子，可能会在角落里偷笑。但我们永远也无法知道爸爸究竟会怎样做，因为我从没告诉过他。

“我是为了保护他才缄口不言的。我不想他被修理，尽管我觉得他被教训一顿或许是件好事，但我还是没有向别人告发他。那时候，我认为他还不过是个鼻子上挂着鼻涕的小孩，等过一段时间，偷窃的欲望或许就消失了，就像尿尿一样。那时艾迪十四五岁，其他人也差不多大，可能有一两个大一些。布莱恩[①]比他们都大，他已经成年了，有一辆车，而且经常开车载着别人横冲直撞，一直开到垃圾场。他们很可能会出车祸或在夜里撞到人，但这群自私鬼只想着自己。你可以从很远的地方看到他们，因为他们几乎是唯一一辆在那个时间——所有人都睡觉了——还在路上的车。我发现这件事后，从窗户里看见他们的车开着车窗，开向巴耶尔老爹的玉米田。我看着车灯逐渐远去，最后消失在树林之中，渐渐地连发动机的声音也听不见了。

“他们上路了。他们穿着暗色衣服，搭人梯爬过垃圾场的栅栏。我知道他们带了一根撬棍来对付挂锁，照明则完全依靠月亮。他们回来时，衣服都脏兮兮的。布莱恩车开得很烂，他的驾照是在军队里拿到的，而军队里谁都能拿到驾照。要是一个人在爬栅

① 艾迪和克拉拉的大哥。

栏时摔下来了怎么办？要是栅栏上有尖刺之类的障碍物，一个人被刺穿了又该怎么办？这样的事报纸上每天都有。他们看起来很聪明，其实都是找死的蠢蛋。

“其实很多人都像我一样，知道这些意外随时可能会发生。但布莱恩之前确认过，这个垃圾场守卫不严，没有保安，也没有和其他垃圾场一样随处可见的狗。狗是最可怕的东西。他们不带灯，完全依靠月亮照明，所以经常在满月的日子去那里。（我不知道她是怎么了解这么多细节的。）在垃圾场，他们偷了几乎所有能找到的有用的东西，如洗衣机、家用电器等。他们几个人把东西抬走，放到汽车后备厢中，然后和来时一样迅速离开。我真希望我那时也在那里，冲他们大喊‘快走，像狗一样跑快些’，这会让我很高兴，你懂的。他们把偷的东西放到布莱恩家和牧场间的小木屋里。第二天——艾迪通常会在布莱恩家客厅里的板床上睡一夜——他们用锤子拆开带回的东西，在一个不远的废铁商那里把拆开的东西卖掉。他们最喜欢的是铜，铜在几种器械里都可以找到，价钱也最高。铜线圈最为值钱。

“他们本可能被抓住，落个悲惨下场。我常疑惑他们怎么没被抓住，真是不可思议。他们用锤子敲断洗衣机骨架时，那声音震耳欲聋——你试试用锤子敲敲洗衣机的滚筒就知道了。相邻的几条街上都听得见，邻居们觉得这声音不对劲，不知道他们在搞什么勾当。我被调查时，他们也问过我，我替他们遮掩说：‘啊，没什么，就是做学校作业。您知道，现在学校里什么都教。学生还不会认字、数数儿的时候，就让他们用显微镜做实验，真是一团糟。’

“但艾迪干这事没别人那么频繁。一方面是因为他胆子小，另一方面是他们干的另一件坏事出了问题。他们这伙人，因筹划和实施一次入室盗窃案被抓住了。哦，他们这伙人还自称‘团伙’。我们吃完饭后，艾迪常常出门，并宣称：‘我要去车站见团伙了。’我心想：‘团伙，团伙，冷静点儿吧。骑着你们那些生锈的、沾满了牛粪的摩托车，或者开着那辆从你堂兄弟家附近的村子里买来的二手破旧汽车是不能吓住村民的。你不是在芝加哥。没人会被你们吓到……’但是，有一天他们做过头了。

“他们非法进入了一个女孩的家，还偷了东西。他们利用了这个姑娘，因为她喜欢上了‘团伙’里的一个男生，已经追了这个男生一段时间了。她爱得很疯狂，那已经不能称为爱情，而是狂热。但她无法跟他面对面交谈，因为这个男孩总是和其他男孩在一起，要是这个女生上前跟他搭话，其他男生就会嘲笑她。‘看，灰姑娘还有五小时到达。’他们总是说这样的话。这群人甚至不知道怎样正常说话。显然，这对儿没成，但那个女孩还是爱这个男孩。

“他们由此想出了个愚蠢的主意。

“我来和你好好说说他们是怎么做的。他们告诉那个姑娘喜欢的男孩：‘你去看她，让她相信你想和她亲热，把她带到楼上的房间去。我敢打赌，你一问她她就会跟你进房间。她早就想摘掉老处女的帽子了，老实说，她已经盯着你一年了，谁都看得出来。她一点也不顾忌别人。趁这段时间，我们悄悄地进去，注意别让她关了前门，然后我们把所有能带走的都带走，一起分了。’

“那个女孩很容易就上了当。可怜的姑娘，她很喜欢那个男孩。那天晚上，这群人进了她家，他们觉得非常有趣，必须强忍着才能让自己不大笑出声。他们把背包装得满满的。他们都拿了些什么？珠宝？值钱的东西？不，这就太高估他们了，别把他们看得太高了。他们拿了 DVD 播放机、游戏机和配套的游戏卡带，他们把这些都塞进包里，然后悄悄地溜走了，关门时都没发出声音。在这段时间，女孩正在楼上和男生卿卿我我，而这群人跑掉了。艾迪告诉我，他们跑到了史蒂文的花园里。他从没跟我说过废铁商的事，但这件事他告诉了我。他们围成圈，绕着偷来的东西跳舞。你想象一下那个场景。他们拉着手唱歌，为犯下这件世纪盗窃案而沾沾自喜，觉得他们成了帮派中的大哥，因为干了这件事而成了真正的男人。他们闹了一个晚上，并开了啤酒，为偷了东西祝贺彼此——偷的甚至不是珠宝或自行车，而是游戏机上的‘神奇宝贝’，还有什么，我记不清了，‘哈利·波特’？我只想说：为了一个他们甚至不会去玩的游戏，这帮人如此兴高采烈，真是不能理解。但他们这么蠢、这么幼稚，真有可能去玩这样的游戏，整天待在电视前，玩个天昏地暗。一群蠢货。但他们没想到的是，那个女孩知道了是他们干的。她怎么会猜到？他们怀疑是那个男孩向她承认了。他们觉得，那个男孩子可能真的爱上了那个姑娘，只不过为了在同伴面前装相，才说自己一点儿也不喜欢那个老处女。他们猜测，女孩发现有东西不见了、肯定是被偷走了的时候，开始哭了起来，惊慌地说她父母肯定会狠狠教训她。而男生，因为爱上了她，看不得她流眼泪。他把她搂到怀里，在保护同伴和告诉她真相间权衡了一下，然后让女孩发誓永远不告诉任何人是他说的以后，对她说了真相。（我们不知道事实如何，但这是最合理的解释。)

“当天晚上，女孩就报了警，说出了这伙人的名字。第二天，这帮人不得不把东西还回去，并赔礼道歉。艾迪陷入了一种难以置信的恐慌中。他一点儿也不觉得骄傲，反倒整天萎靡不振，觉得自己会在司法系统中留下污点，而犯罪记录会使他无法成为一名老师——这是他的梦想。

“但警察们都很好说话，因为他们认识这帮人。他们同意只要这帮人把东西还回去，就当这事没有发生过，一切到此为止。这件事之后，艾迪的胆子越来越小。晚上，这帮人带着锤子离开的时候，他去的次数越来越少，因为他无法忘记自己的恐惧。所以，他看到雷德偷了他的东西的时候，会觉得这没什么大不了的。对他来说，偷窃不是特别反常的行为。他看过别人干这种事，不仅仅是他那愣充好汉的团伙，还有我们的大哥——布莱恩曾因为在超市行窃而惹上麻烦。大哥偷了无数次，每一次都是一样的结果：当警察敲门时，妈妈打开门，还不等警察开口，她就从他们的动作中明白了他们的来意；警察们叉着手，尴尬地脱下盖帽——他们很早之前就认识我妈妈，他们在同一个村子里长大，常在咖啡馆或书报亭相遇——他们因为不得不来告诉她坏消息而局促不安。

“警察们还没说话，她就全明白了。她开始发火：‘啊，这不是真的。他又干出了这种事！等我因为神经紧张死掉，他才会停下来。不幸啊，太不幸了，生了这样一个浑球儿，真没办法。’然后，在叙述时，警察们就会毫不意外地对她说‘是您的儿子’或者直接说出布莱恩的名字，因为他们在大哥还很小的时候就认识他了——自他还在村里牙牙学语时。大哥和他们的孩子一起长大，上同一所小学，同一所初中，同一所高中。然后，大哥退学了，而他们的孩子坚持得久一些，毕竟他们是警察的孩子，长大也会当警察的。这些一起长大的孩子们好像只有两条路可以走：要么成为小偷，被之前的朋友逮捕；要么成为警察，逮捕之前的朋友。警察告诉她：‘您的儿子被逮捕了，他包里塞满了家乐福的商品，大部分都是酒。’妈妈会道歉：‘我知道了，我知道了，这既不是第一次也不会是最后一次，真是倒霉啊，他要是继续这样下去，我就要进棺材了。啊，太不幸了！我会为他拿的东西付钱的。我还能做些什么呢？真让人羞愧。但我除了羞愧，无能为力。’她没办法阻止我的兄弟，也很清楚他还会再犯的。在他幡然悔悟、彻底改变前，无论他做什么，妈妈都会原谅他，对他犯的所有错误付之一笑。

“在原谅他前，妈妈会和别人谈论事件的严重性。周围的人告诉她大哥的劣迹（偷窃和其他令人无法容忍的事），让她不要再给他钱了——她并没有钱，但他向她要时，她会想方设法地凑钱给他。她说：‘我不能任由我的儿子饿死。’尽管我们告诉她，拿了钱他就会去超市买酒来喝个烂醉——醉酒已成为他生活的一部分，然后他就会失去控制再次去超市偷酒，形成恶性循环。但每次，她都装作这种事不会再发生，这是最后一次的样子。她说她的儿子会改变的，不会再是以前那个样子了。她经常说：‘我相信他已经不酗酒了，他变好了。’但他没有。他又开始了。然后，她又说：‘这次是最后一次了，这次以后，他就不会喝酒了。他已经向我保证过了，他毕竟是我的孩子，我知道他以后一杯都不会喝了。’紧接着，他又开始了。我不知道妈妈是否相信她自己说的话，她是不是真的相信大哥有一天会停下来。她渐渐消气了，对这些事都付之一笑：‘微笑比大叫要好。’她笑着说，大哥在家乐福偷东西的时候已经醉得厉害了，没采取任何预防措施，他慢慢地往背包里装酒。‘这蠢货甚至没拿最贵的，而是他平时喝的、十法郎一瓶的令人作呕的玩意儿——那种东西简直不能被称为威士忌，只是劣质的烈酒。’她嘲笑道，‘他给了摄像头充足的时间来拍他。’她还说，大哥走出家乐福的时候，已坏掉的警报器没有响。‘他在包里装了那么多酒，看起来就像个驼背，背弯得像个门把手或者伞柄。’她说他的包非常重，里面的酒瓶相互碰撞，发出‘叮叮当当’的声音。几乎每一次，他都以非常可笑的方式被门口的保安抓住。

“因此，我才觉得，艾迪应该把这些都告诉雷德，以此来安抚他。这样雷德就会知道，他找的究竟是个什么样的人，事情或许就会朝不同的方向发展了。他会知道，艾迪跟他其实没什么不一样。我敢打赌，他在广场上选择了艾迪，主要是因为艾迪的翩翩风度。艾迪常给人这种印象，但实际上他并非如此。真是命运的嘲弄啊，真是太可笑了。艾迪给自己戴上了一副面具，他伪装得如此之好，以至于他的同类以为他属于反方阵营而攻击了他。可以肯定，要是他告诉了雷德我刚刚说过的这些事，雷德肯定会定下心来，事情会有不同的发展。”

我也这样认为。但她刚刚说的难道不是推翻了她之前的推测，即一切都是雷德预谋好了的？我知道，这个推测是错的。我有另一个证据可以证明这点。还记得，我把 iPad 从他的大衣里拽出来时，他突然一蒙。细节我记不清了，我也没办法把他当时的表情画下来，但我还清楚地记得他脸上展现出的情绪。与之后的果断毫不相同，也和我以前见到的有预谋进行破坏的人不一样。当我把 iPad 拿出来时，他的脸上写满了惊讶、害怕，甚至还有些愚蠢。但跟克拉拉说这些是没用的，无论是在她还是在警察看来，脸上的表情都不能称为证据。

“但艾迪什么都没说。他应该说些什么，这一点儿都不难。如果我在现场，我会紧紧抓住艾迪，摇晃他，大喊：‘快说，告诉他你也偷过东西，偷东西不是什么大事，你不也是这样想的吗！虽然我不同意，但你要是真的这样想，快告诉他。跟他说说废铁商的事。’但是，关键在于，和雷德说这些不能有丝毫迟疑，而艾迪有时比较迟钝，他优柔寡断，至少不是一个适合赌马的人。他什么也没说。

“他若无其事地把平板从雷德的外套口袋里拽了出来，放到了书桌上，其间一言不发。一个字都没说。他对我说：‘那一刻，我希望雷德会突然大笑起来，告诉我这不过是个玩笑，别害怕。我等着他笑出声。’他说他一直等着，心想，快笑吧，雷德，笑，只要笑一声就好了。但他没笑。

“然后，艾迪又干了什么？他问雷德看没看见他的手机。他说：‘你拿了我的手机。’不对，我记得准确来说，他讲的是：‘你看见我把手机放哪儿了吗？你应该看见了，我把它放在口袋里了，没放到其他地方。五分钟前，它还在我的口袋里，我洗澡前还用过。但现在，它不在那里了，我真粗心，我老是这样，我不知道把它放在哪儿了。’（随着时间的流逝，我越来越不确定我说的是不是这句话。或许我当时说的是‘你拿了我的手机’。这就意味着我在事实未明的时候直接控诉了他，在大衣里找到了平板，并不等同于他的口袋里还装着手机。我不敢告诉克拉拉或许这才是我当时说的话。）雷德很气愤（不，他不是一开始就很生气，他先是有些犹豫，说话结结巴巴的，姐姐忘记了这点），他问艾迪是不是认为他是小偷。艾迪回答说：‘我不是这个意思，你为什么这样生气？’确实，发怒不是最聪明的应对，发怒看起来就像在承认自己有罪。真相往往都是伤人的。然后，艾迪说：‘要是你拿了，把它还给我，我们就当这件事没有发生过。一点儿小事而已，让我们忘了它吧。’他说他只想拿回手机，因为手机里有他和迪迪尔、若福瓦一起旅行时的照片。他突然很想要回保存着自己回忆的照片，就像他在共和国广场上遇到雷德时坚决要回家一样。

“他接着想：‘我得拿回我的照片。’他一边想，一边尽力笑着安抚雷德，做出轻柔的手势，表现得彬彬有礼。但雷德像炭火一样激动，让他静下来可没那么容易。艾迪本该放弃他的手机，任由雷德离开或者打开门请他离开，但他恳求雷德把手机还给他。（听着姐姐叙述，我越发意识到我行为中的荒谬之处。）雷德高声大叫，变得越来越暴躁。很明显，要是他们打起来，其中一个人就得进监狱。艾迪紧紧缠着他不放，恳求说：‘要是你拿了我的手机，我也不怪你，我能理解。’很明显，现在说这个已经太晚了，艾迪立刻就意识到了，但他还是解释了很久。他反复说：‘我能理解你为什么拿我的手机，我也干过这种事。不过是一时冲动，或者只是因为缺钱，在肾上腺素的驱使下偷了东西。别担心。’他反复地讲，不停地说：‘我只想你把手机还给我，然后我们就忘了这回事，明天照常按约定再见，一起去吃饭。我们再也不谈这件事，明天再见，然后再也不谈这件事。’艾迪反复重申‘我们忘掉这件事，忘掉这件事’。在我看来，即使在雷德面前，他也会不由自主地说那种冠冕堂皇的语言，事实上，这只会让雷德更生气。

“艾迪说：‘你可以当这件事从没发生过，让我们忘了它吧。’

但说这些太晚了。雷德不再听他讲话，而是装模作样地大喊大叫：‘你在对我说什么呢？你在对我说什么呢？’他如此愤怒，说话时的唾沫星子都溅到了艾迪脸上。艾迪满脸都是他的口水或鼻涕——或者二者皆有——看上去闪闪发亮。我听了真想吐。你相信吗，艾迪竟然真的回答他，一遍又一遍地回答，好像雷德真是在提问一样。他回答说：‘我知道你拿了我的手机。’现在，艾迪直接这样说了——就好像‘你在对我说什么呢’真是个问句一样。艾迪告诉我他回答了这个问题的时候，我不得不拼命地抑制自己不要笑出来，这一点儿都不严肃，我很抱歉。真是疯了，怎么会有人蠢到这个地步，真去回答这个问题。我分开嘴唇，假装在用牙齿给嘴唇搔痒来掩饰自己的微笑，尽力让艾迪觉得我不是在笑，而是在表现我的愤怒。我笑还因为我知道事情之后会如何发展。人们总是事后诸葛亮，回顾过去发生的事时，常说这个人当时应该那样做而不该这样做。但我确实知道事态会怎样发展。雷德是一个暴力的人，易冲动。面对暴力的人应采取别的方式，比如马上逃跑，而不该喋喋不休。但雷德那时确实还没有表现出这一面，他只是大叫，如此而已。

“雷德只是抬高了声音。他一遍又一遍地重复这句话，好像他就会说这一句话似的：‘你说我是个小偷，我不是小偷，你这样说是在侮辱我的母亲，你不尊重我的母亲。’（重听这段经历时，过去痛苦的片段总会不断闪现。我脑海中常常出现这一幕：偷窃、窒息都结束了以后，我成功逃出满是鲜血的房间，雷德又回到了我的门前，他的脸贴在我的门上，我听到了他的胡子摩擦门板的声音，然后他问：‘你以为我走了吗？很抱歉，没有。’）艾迪告诉我，那时他自己的声音里也有一丝恼怒，他没能把这份情绪藏好，像我们说的那样‘压下去’。也许雷德听了出来，这让事态更糟糕了。很难解释艾迪的声音里为什么会有恼火的成分，也许是因为他没有骂雷德是小偷，而雷德却反复这样说，这让艾迪有些上火，或者说，感觉有些受伤。艾迪因雷德大叫‘你骂我是小偷’而有些恼火，因为恰恰相反，他重复了成千上万遍，他不觉得雷德是小偷。他试图让雷德明白，尽管雷德拿了他的 iPad，他还是不觉得他是小偷。我想象他带着一丝恼怒，就像在和孩子说话一样——孩子才会一个问题问几千遍——重复了几千次：‘不，我刚刚已经说了，你不是小偷。’

“雷德不再听他说话，自言自语地说：‘你不尊重我的母亲，你骂我，还骂我母亲。’他说了些艾迪听不懂的话。艾迪说：‘没关系，没关系。’而雷德接着说：‘你骂我母亲，你骂我的家庭。’每个人在雷德的处境下都会说这种话。

“就在此刻，雷德伸出了手。艾迪在干什么？他站在原地，就像一只细长的酒瓶。雷德抓起围巾，几乎瞬间就缠住了艾迪的脖子。艾迪一动不能动，像一匹被人骑着的马，一下子就被驯服了，任人驱使。雷德拉着围巾，不断勒紧、勒紧、勒紧……艾迪快要窒息了，他大叫‘雷德’。就是这样，艾迪脖子上绕着围巾，雷德不断地勒紧。”

她停了下来，她丈夫仍旧一言不发。我想弯腰，从虚掩的门缝中观察一下，又害怕地板会发出声音，干脆还是一动不动地站着。

“对不起。”

她清了清嗓子。

“那时，艾迪还没意识到事情的严重性。我是说，雷德刚把围巾缠上他脖子的那一秒，他还没意识到这件事有多么严重。说是一秒钟，但在那一秒内可以想几百万件事——至少在事情发生后，我们可以说，在一秒钟内，有几百万件事划过了心头。我和妈妈说这件事的时候，她让我注意，艾迪一开始没有把雷德用围巾勒他当回事，他不相信雷德会杀了他，因为他不相信雷德是个小偷，更遑论他会杀人。”

那时，我可能根本没想过他会不会杀我，我的大脑当时一片空白，只能被动地接受眼前发生的事，没有思考，也没有记忆，只是用手紧紧抓住围巾。这是面对死亡时身体自然做出的反抗。据说，人类不能脱离语言而存在，语言是人类固有的一部分，影响着一切。没有语言，一切都不复存在——人类将不能思考，也不能组织思维。语言是人类生存的前提与必备条件。如果确实如此，那在雷德试图勒死我的这五十几秒中，我不知道我是否还能被称为人类，毕竟我丧失了语言这项基本能力。当下还有一种完全相反的说法，那时我还保有语言能力，但再也无法感知恐惧，我可以说出“我害怕”，但我无法将这句话与恐惧联系起来。

“那一秒，艾迪觉得这不过是一个有些粗暴的男人一时激动做出的行为，但事实上，事情比这要严重得多。和我们一样，艾迪的成长环境也很艰辛。他觉得雷德用围巾缠他脖子可能仅仅是为了威胁他，因为这不就是在脖子上缠块布嘛。艾迪可能认为这不过是个玩笑，不，我说得不准确，但他或多或少会觉得这是个用来威胁别人的手段——这类人常干这种事。在他看来，雷德可能是想把他关在屋里，然后带着手机逃跑，他知道艾迪不会报警。唉。

“我从没在艾迪面前说过这些，他听不得这些话。没人知道雷德用围巾勒他的时候，他为什么不生气，为什么不转头避开，为什么不喝止雷德，为什么没发现事态的严重性……这些问题太难回答了。

“我知道这些问题可能会使他勃然大怒，所以没问。但毫无疑问，那天，艾迪实在是太不谨慎了。这也是因为他的成长环境颇为艰辛，所以他学会了不要恐惧。这一点常常在他的身上闪现，可以说，他想改掉的过去生活的一切都保留了下来，而且他的改变并没有他想展现出的那么大。我的说法是有根据的。他来这里看我们的时候，头几天会到处摆谱，拼命想展示他和我们不再一样了，他是与众不同的，比我们好得多。我怀疑，他来这里的时候比跟迪迪尔和若福瓦在巴黎的时候还要装相。我敢肯定，他在巴黎过得更轻松，不必像在这里一样时时装模作样。他不愿吃肉，说肉的味道让他恶心；他摸过了我的狗以后，每五分钟就要洗一次手，就好像我的狗生了疥疮或跳蚤一样，很抱歉，我的狗比城内馆子里用来吃的狗要干净多了。所有那些城里人在乡下做的让我不舒服的事，也干了个遍。但我记得清清楚楚，最后两天他就不会这样了。他不再端着架子，而是软化下来，甚至又开始说庇卡底方言[①]。他不再说‘你好’，而说‘咋样’，昨天吃完饭以后，他还说了‘搞定一顿饭’——尽管他说这个的时候笑了。他不再说‘掉落’，而说‘砸下来’。当一位女士去卫生间，说‘我去给脸上添点儿颜色’（补妆）时，他又开始笑了。每次听见这些过去常听到的方言，他都会忍不住微笑，尽管刚回来的头几天他说过他再也不想听见这些话，说那些他童年时能逗得他捧腹大笑的话现在会让他没有胃口。这些话提醒他，这就是他的过去。可能这就是为什么他每次都想早点儿离开。我觉得，他想早点儿离开，可能是害怕变回原来的样子。但无论如何，那天，他就是一个从小地方走出去的人。他和我们在同一个地方长大，这是无法更改的事实。要是他是个富人的孩子，早就逃走了。

“被雷德用围巾勒了三秒后，艾迪终于醒悟过来。他意识到这不是一开始他以为的警告，而是谋杀——雷德正在试图杀死他。艾迪意识到他将在圣诞节早上死于自己家中。他告诉我，在那一

① 庇卡底方言（picard）：法国北部使用的方言。

刻，眼前的场景好像一张照片。照片上，他看到了雷德正站在他面前，而自己坐在床沿。雷德强迫他坐着，没有喝令他‘坐下’，而是直接往前推他以便勒死他。准确来说，雷德强迫艾迪坐在床沿上，这样他往前勒的时候艾迪就只能后退。艾迪退了一步，坐下了。他想：‘他要勒死我。’

“艾迪终于意识到正在发生什么，但依旧觉得不真实。之后，三秒的记忆好像被清空了，就好像在鸡蛋上敲了个洞，把蛋液都倒出来一样。记忆中，第一秒中的事好像发生在一个小时之前，出于某种原因，它离他而去，被转移到了一小时前；第二秒中的事又好像发生在几天之前；第三秒则在几年之前。

“他踢了雷德一脚，但没什么用。就是那时候，他脖子上留下了那些伤疤——暴力的痕迹。”

我曾笨拙地试图用一个领结把它们挡起来。这个领结是我刚到巴黎时买的，因为戴上以后很可笑，所以已经很久没戴过了。四年前，我搬到巴黎，为了掩盖贫苦的乡下出身——我害怕被人发现我是个乡下小子，我曾愚蠢地想装扮成富家子弟。但我和富人之间相差十万八千里，对他们的印象落后了时代一百年。我买了这个领结和三件套的西服，不分场合地穿着。我永远戴着领带，不论是去超市还是去上学。我每天都穿着这套过时的衣服，怯懦的态度早已揭示出我试图隐藏的过去。我那时还不知道巴黎人和富人家的小孩不会穿这种衣服。他们不戴领结，而是穿 T 恤衫，或者衬衣配牛仔裤，反正不戴领结。我根本骗不了任何人。有一天，我终于发现了这点，好像还是迪迪尔告诉我的。然后，我就再也不戴这个领结了。

“艾迪的太阳穴突突地跳着，砰、砰、砰，血液涌上了他的大脑，在里面横冲直撞。雷德又开始勒他，他的反抗毫无用处，‘我要给你点儿颜色看看，给你点儿颜色看看’，砰、砰、砰，‘你侮辱了我的母亲，我要给你点儿颜色看看，给你点儿颜色看看’，砰、砰、砰……最让艾迪害怕的，就是雷德的喊叫声。（没有比声音更能让我恐惧的东西了。自那天以后，每次我在躲避声音的时候，都会想到其实我逃避的是那天的喊叫声。那些叫声好像无处不在，不曾消散，随时准备扑向我。早在人类诞生之前，声音就已存在，人类不过是为了发出声音而被制造的工具。）

“所以，在艾迪看来，那时最紧迫的事是让雷德闭嘴。我问他，他在踢了雷德一脚后做了些什么，他说：‘我小声地说了几句话。’我等着他往下说，等着他告诉我他究竟做了些什么。而他只是又重复了一遍‘我小声地说了几句话’。(我想让雷德放低声音，所以我做了唯一能做的事——我先放低声音说话。)这就是他的回答，我简直疯了。他在雷德身边耳语，希望他也随之调整自己的音量，像他一样低声说话。天知道他怎么会想出这样怪异的办法！雷德在房间里转来转去，看到水槽里还没洗过的刀，他可能会抓起一把刀，不停地大喊大叫，然后一刀砍死艾迪，把他剁成碎块。而艾迪除了降低自己说话的音量，什么办法也没有。

“我永远不会明白这是怎么回事，雷德竟然真的随着艾迪降低了说话声音。他走向艾迪，开始耳语。我不能理解，这太奇怪了。但艾迪和我说，他开始小声说话后，雷德说话的声音也随之放低了。雷德走向他，抚摸他的胳膊，像被哄着睡觉的孩子那样低声嘟囔着。艾迪立即发现，雷德的声音放低后，听起来非常平静温和，雷德本人看上去也平静多了。”

雷德向我走过来，低声说着什么。我非常鲁莽地从床沿边站了起来——鲁莽并不是指我站起来的动作很有攻击性或者我说了什么大胆的话，在当时，单单是站起来说话这个动作对我来说就非常大胆了，在我看来，那是我当时唯一称得上勇敢的行为。我开口说道："住手吧。"外面依旧一片漆黑，"现在还来得及。你可以带着东西和钱离开，我不会告诉任何人这件事，你回家去吧。"我说着此类可怜又平淡无奇的话，这是我唯一能说的话，"你还这么年轻。要是你犯下了不可挽回的错误，会被他们找上的。"我没有说出"警察"这个词，而是含糊地说了"他们"，绕开了可能会激发他怒气的敏感词。我说："他们可以找到任何人。你会毁了自己的一生。你会被关进监狱，在那里度过余生，这太不值得了。你想没想过监狱是什么样的？"但他又一次退后了，喊道："你会付出代价的。我要杀了你，死基佬，我要给你点儿颜色看看。"我想我清楚了，他这样做是因为他讨厌自己的欲望——我现在不确定，但当时我就是这么想的——现在，他想证明，和我做那事不是他的错。他想要我为他的性向付出代价。他想让自己相信，他和我在一起不是出于自己的欲望，而是出于让他能顺利偷到东西的策略。他不是为了做爱，而是为了偷窃。

人很快就能适应恐惧。与恐惧相处要比我们想象的容易得多，熟悉过后，它不过是一位不怎么可爱的朋友。在几分钟里，雷德忽而高声大叫，忽而低声细语，我却越来越能控制自己的恐惧。他抱住我，在我耳边说道："别害怕，我有些情绪化，我不喜欢看到别人害怕或哭泣。”他把手放在了我的头发上。我觉得很有安全感，他说这话的时候，我觉得他绝不会伤害我了。他安抚我的能力与他的暴力程度成正比。

暴力没有升级，而是迎来了中场休息。雷德突然转变了态度。他平静下来，低声向我保证：“会过去的，你没必要担心。”他亲吻我的耳朵、脸颊和唇。我和他说他的未来，但毫无作用。

克拉拉向她的丈夫描述，后来我是怎样搜肠刮肚，试图找其他话题来说服雷德，因为谈将来没用。

“他决定和雷德谈谈家庭。”

我还记得，我们在广场上相遇的时候，雷德和我讲过家庭对他的重要意义。于是，我编造说我的手机里存有父母的联系方式——我真的很想拿回与迪迪尔和若福瓦一起拍的照片。我说我不知道父母住在哪里，我和他们唯一的联系就是手机里的电话号码。第二天，若福瓦对我说：“你应该让他带着手机走，一部手机值不了多少。”

克拉拉也记得若福瓦的这句话：

“第二天，艾迪的朋友若福瓦跟他说：‘你应该让雷德带着手机走，手机，不过就是一堆塑料嘛。’但艾迪还没意识到事态的严重性，还沉浸在手机被偷的故事里。他又提出拿回手机，而没有利用对方比较平静的间隙跑掉或者转移话题。没有，他还想要回手机。但问题的关键其实不在于手机，他朋友若福瓦搞错了，完全没领会重点。他不像我一样了解艾迪，又怎么会明白？我告诉你，如果被偷的是钢笔、珠宝或者别的东西，抑或是雷德绑架了一个人质，艾迪的反应就不会是这样。问题根本不在于手机，而在于艾迪的强迫症——如果是我，我早就跑了。（遇到雷德之前，我对自己的认识可能和她一样，但现在我知道不是这样的。那一天前，我常常设想各种各样的死亡场景，被关在着火的房子里啦，被杀人犯抓住了啦，应有尽有。在我的想象中，面对死亡，我从没放弃过，一直积极地自救。我相信死神的逼近会增加我的勇气与力量，激起我在尖叫、反抗、逃亡、奔跑方面的潜能。对此，我之前从未怀疑过。当然，在电影院里，我也看过故事中的某些人物会屈服于死亡，放弃自救，但我觉得我和他们不一样。每次我看到电影中的这些人这么快就妥协，往往会鄙视他们。我以为我比他们要强得多。）他纯粹是疯了，相信我。他一遍又一遍地向雷德要手机，可能他实际要的次数比告诉我的还多。”

我本可以趁雷德比较平静的时候让他离开。他颤抖着靠近我，说话语无伦次。我没注意到他大衣口袋里的其他东西。自第二天开始，接下来的一个月，我都在家里翻翻找找，发现丢了不少东西。遇袭当天，我并没有发现这些东西不见了，毕竟也不是什么重要物品。但几乎可以说，雷德搬空了我的公寓。他做得很小心，因为我确定，为了好好享受他在我家的最后一段时间，我的眼睛从没离开过他，他洗澡的时候我都一直在盯着他。或者，这只是我的错觉，显然我并没有一直盯着他，否则他不可能拿走这么多东西。他的口袋里肯定塞满了我的东西：圣诞节收到的香水、一位朋友落下的手表、一个我受洗时得到的带有圣玛丽像的颈饰——这个颈饰是我无意间放在卫生间的，早就不戴了。也不知道我在多家公寓中搬来搬去的时候为什么没有把它扔掉。

然后，在那时候，我想出了一个最奇怪的主意。这是唯一一件我谁也没告诉的事，无论是对警察、迪迪尔、若福瓦、医院里的医生护士、听我讲过这个故事的陌生人、那位约我吃饭的作家，还是对克拉拉，我都没说。我不说并非是因为之前讲过的关于遗忘与记忆间关系的理论，而纯粹是出于羞愧。这件事是我对那一天最为清晰的记忆，相较于其他场景，有关这件事的画面在我脑中更为鲜活。要知道，羞愧实际上能带来最为深刻持久的记忆，羞愧能将记忆刻入血肉的最深层。正如迪迪尔说的那样，最鲜活的记忆总是令人羞愧的。

我面对着雷德，说："听着，你要是愿意的话，可以帮我找手机，它应该是掉在哪儿了。拜托了。我们打个赌吧。"我向他建议，"谁先找到手机，对方就给他五十欧。我们打这个赌吧，玩个游戏。要是你先找到，我就给你五十欧，如果我先找到，你就给我五十。很简单。"我发誓，我真的说了这种话，我不知道向雷德提出这个建议时我有没有颤抖，我的声音是不是在发抖。我坚信手机一定在他的口袋里，在他的大衣里找到 iPad 后，我就更确信这一点了。我相信他一定会假装找到手机来赢钱。他之所以偷我的手机，是因为想卖了换钱。在我看来，这样的推理顺理成章。我只是想拿回手机里的照片——正如克拉拉说的那样，我对那些照片和手机有种执念。

雷德开始和我一起找手机。他在公寓里走来走去，掀起床单和被子，查看床下、桌椅板凳下，拆掉枕头，把手伸进枕套。他趴在地上，低头看床下有没有手机。

他不是真的在找，这很明显，谁都看得出来。但他至少花了些力气，假装在参与我们的游戏。他打开衣橱，不停地将一本书从书堆上拿起来，放到另一堆上去。我模仿着他的动作，假装在找。我甚至还检查了冰箱里面，有时我确实会在那里落下书之类的东西。我查看了狭小浴室的每个角落，在此期间，我还一直在偷看雷德。我听到了他的呼吸声。

我没逃走。在这平静的间隙，我没有靠近门。我没有试图猛地一下打开门，没想到呼喊“救救我”这三个字。我那时还没看到他口袋里的枪——逃跑没有那么简单，但在那时还是可能的。我感受到了强烈的不真实感，现在回想起来，我们那时的想法和动作都显得格外不真实。我知道我们绝对找不到手机，雷德把它藏起来了，但我们还是在公寓里来回翻找。当时是清晨，雷德正在翻抽屉，他停顿了一会儿，想着他还能搜哪里或者假装搜哪里。我的脸肿了，他的脸也因疲惫而浮肿。我们把这十六平方米的地方翻了个底朝天。我问他：“你找到了吗？”雷德说：“没有。”我又问：“你找到了吗？”他再次平静地回答：“没有。”就好像在回答一个再普通不过的问题一样。我光着脚，只穿着一条衬裤和一件 T 恤。雷德洗完澡后就穿得整整齐齐了。我不敢穿上裤子把自己包裹起来，我也不觉得冷，因为我们在房间里一直走来走去。

就在此时，他又大叫了起来。

插曲

在威廉·福克纳[①]的小说《圣殿》里，我第一次发现了一个跟我一样无处可逃的人。

在第 88 页，福克纳写道：

“谭波儿倒退着出了房间。她在走廊上转了个身，跑了起来，飞快地穿过长廊，继续向荆棘丛跑去，一直跑到大路上，接着在黑暗中走了五十来米。然后，没有丝毫停顿，她调过头，跑向刚刚逃出的房子。她冲进走廊，又蹲在了门前。这时，一个人突然从走廊中走了出来。”

---

① 威廉·福克纳（William Faulkner，1897—1962）：美国文学史上最具影响力的作家之一，美国意识流文学的代表人物，1949 年诺贝尔文学奖得主。

我读这段文字时，做了笔记：

今天是2014年11月1日，星期二。我第一次读福克纳的这本书时，刚刚写完了《艾迪的自白》[①]。谭波儿·德雷克这个人物让我颇为吃惊，她的所思所想与我那一天的心理历程几乎完全相同。在小说的第一部分，福克纳讲述了一个女人——谭波儿·德雷克——的故事。谭波儿和男友遭遇车祸后，被带到了车祸现场旁边的一座废弃小屋，里面住着一群男人和一个女人。带他们回来的是这群男人中的一个。小屋周边是小树林和荆棘丛，位置偏僻，弥漫着令人不安的气息。

谭波儿在小屋里遇到的人其实是一群倒卖威士忌的小贩。他们一出场就展现了鲜明的人物特征——暴力、酗酒无度、反复无常。

他们彼此相互威胁，争斗，咒骂，一起大喝特喝，威胁谭波儿。谭波儿一直面临着被强暴的危险，而之后她也确实被强暴了。

---

① 《艾迪的自白》（*Histoire de la violence*），即本书。

她常常想逃跑，但没有车，因此逃跑会非常艰难。她向宅子里唯一的女人求救，女人告诉她，趁还来得及，快些逃跑吧。尽管女人有时看起来想要留下谭波儿，但还是主张她应该逃跑。谭波儿本可以跑的，她有过多次逃跑的机会。最后，她的男友独自逃走了。两相比较，更加突显出了谭波儿的消极。

上面摘录的片段描写的是谭波儿的出逃。读者看到这里往往会长舒一口气——福克纳终于写到她逃跑了，读者们也不再埋怨他为什么不早点儿让她跑了。谭波儿跑了，但她又马上返回来了，“没有丝毫停顿”。周围的环境好像控制住了她，经受过的暴力将她密闭于这个狭小的空间中，她画地为牢，禁锢了自己，再也无法在外界生活。对她和我来说，首先要解决的问题，不是受他人影响而被迫做出的某种行为，而是被迫待在一个地方，一直处于某种环境之中。对谭波儿来说，这个地方是私酒贩子们住的小屋和周围的空地。禁闭这种环境暴力是所有暴力之母，其他种类的暴力不过是环境暴力延展而得的结果与附加部分。环境独立于我们之外，是一个独立成章的故事。

于是，福克纳写道：

“谭波儿倒退着出了房间。她在走廊上转了个身，跑了起来，飞快地穿过长廊，继续向荆棘丛跑去，一直跑到大路上，接着在黑暗中走了五十来米。然后，没有丝毫停顿，她调过头，跑向刚刚逃出的房子。她冲进走廊，又蹲在了门前。这时，一个人突然从走廊中走了出来。”

本来在圣诞节早上，我有摆脱雷德的机会，但和谭波儿一样，我觉醒得太晚了。雷德刚开始发怒时，我就应该想到逃跑，但这个念头出现得太晚了。

九

我只觉得疲倦。克拉拉告诉她的丈夫，那时，我已经控制住了自己的恐惧，疼痛也开始消退，但疲倦席卷而来，让我发疯，我再也受不了了。现在就得让雷德走，必须结束了，得找个办法让他走。我试着想办法。

突然，我打了个寒战。一开始，雷德的突然转变让我忽视了气温，但疲惫使我再次感受到了寒冷。我的牙齿开始打战，速度越来越快，汗毛也竖了起来。疲倦成倍增长，渐渐变成对环境以及自身的一种超强感知力。一瞬间，我感觉围巾又缠上了我的脖子，不断收紧。距雷德上次勒我已过去十到十五分钟了，但突然间，皮肤与棉布的摩擦再次让我回忆起了这种分明已经消失了的感觉。现在，我非常希望雷德离开，但他不愿意。记忆中，在这样的时候，时间流逝的速度与平时不大相同。所有的事似乎都笼罩在厚厚的迷雾中，雷德和我好像喝醉了，整个世界好像都喝醉了，空气中都是醉酒的味道。时间走得更慢、更辛苦了，我们嘴里说出来的话也仿佛有了实体，从口腔出来后掉在地上，裂成无数块碎片。我们说的话那么遥远，好像是别人说出来的一样；我们的身体好像在一种黏稠的液体中移动，了无生气。

询问我的两位警官慢慢弓起背，缩起手，蜷缩成一团——他们变老了。做笔录时，警局里时间流逝的速度也变了，在他们身上，过了一分钟就好像过了一年。

雷德不想离开了。他一边用刺耳的声音没完没了地说我侮辱了他的家庭和他的母亲，一边从大衣的内口袋里掏出了枪。我之前完全没注意到他有枪，也不知道这究竟是真的武器还是只是个玩具，我看不出来。

做笔录的时候，男警官不停地问我这个问题："你确定是真枪吗？你知道，那可能只是个玩具，这种把戏我们见多了，拿把假枪吓唬别人，别人就会言听计从，但实际上……”我告诉他我不知道。雷德拿的可能不是真枪的推论让我有些受伤，我自然而然地将他们的话看作是在委婉地告诉我，我其实不必那么害怕。他再次问道：“你确定是把枪吗？你还记得枪的颜色吗？能描述一下它的形状吗？获取武器可没那么简单。”我心想，他们当然拿得到武器，看看你是在哪里工作。他问了一遍又一遍，每问两句其他的事情，就要插上一句：“你真的看到了枪吗？”最后，我动摇了，不确定当时是否看到了枪，也不确定雷德是否携带了武器，尽管我记得很清楚，他有枪。真相在重复中消失殆尽。

围巾落在床边，雷德蹲下去拿。他的眼睛始终没有离开我。我想他又要勒我了。他拿起围巾，神色慌乱地注视着它，好像被吓呆了一样。他盯着手中的围巾，就像围巾会开口和他说几句话，告诉他现在该用它做什么一样。他对我说“转过去”，但他的语气太过犹疑，以至于我没觉得这是个命令。我甚至认为他希望我不要这样做。但他又重复道：“转过去。”当时，我在想，他是想让我转过身去好勒死我，因为他不想杀我的时候看到我的脸。我待在原地不动，雷德抓住了我的右胳膊，然后又试图抓住我的左胳膊，好用围巾捆起我的双手。我不停地反抗，试图阻止他。我发出微弱的叫声，声音不大，以免激怒他。那不是尖叫，而是混杂了呻吟的哀求。我不断反抗，但一切尚未结束，他颠来倒去地说“我要给你点儿颜色看看，我要给你点儿颜色看看，我要给你点颜色看看”，声音越来越大。我说我的，他说他的，两个人都陷在自己的世界里。他好像永远不会疲倦，可以几十年、几百年地这样持续吼叫、咒骂并和我厮打下去。但我的力气正在快速流失，脉搏每震动一次，我都感到活力从我的身体中流出一些。活力不见了，从我的眼睛、耳朵、鼻孔、嘴巴里溜走了。我想留住它，但不行。我无法一直这样搏斗，该停下来了，等他累了，或者勒死了我，就会停下来了。我想他应该不是个杀手。杀手不会这么容易在街上遇到。杀手不会是卡比尔人。杀手更有范儿，不会是这样随处可见的普通人，他没有杀手的样子。从哪个地方能看出一个人是不是杀手呢？手、脚、胳膊、脸？

我期待能有邻居听到我们的动静，过来帮忙，但没有人来。雷德拿着围巾，一心要把我的手捆起来。因为捆不住我，他又拿起了刚刚放到皮大衣口袋里的枪。他把围巾扔到了地上，或者是围在了脖子上？我记不清了。然后，他把我按在了床垫上。我的脸压在了床单上，米色的床单不知何时染上了些微鱼腥味。他强暴了我，但因为害怕他向我开枪，我没有喊叫。我一动不动，埋在床垫里拼命喘息，空气中也弥漫着鱼腥味。他的骨盆有节奏地冲撞着我，发出一声声闷响。我让自己的注意力集中在鱼腥味上。一个真正的渔夫绝不会有这种味道，他不会喜欢身上有这种味道。我们又陷入了沉默。我试着反抗，如果不想让最坏的结果发生，我就得反抗。他想要的，不过是强迫我做不愿意的事。他趴在我身上，我周围的一切都变成了雷德的一部分，这是写作中常出现的主题，我的耳朵是雷德的一部分，眼前的黑暗是雷德的一部分，身下的床单也是雷德的一部分。

我挣扎着试图让他平静下来。厚厚的床垫阻断了我的叫喊。我得尽力保持微妙的平衡，才能一边试图远离他，一边又不让动作太过剧烈。叫喊是出于疼痛，但我不敢反抗得太激烈，因为那样反而会激起他的欲望。因此，我盘算好了抖动的幅度和呻吟的频率。我竭尽全力抑制自己，不要因为疼痛而发出呻吟，只在有些时候装模作样地哼几声。我让自己的注意力集中在一个问题上：有没有人见过一个身上有着这种味道的渔夫？这不是鱼的味道而是想象中鱼的味道。我控制着自己，有分寸地动作——至少我想这样做，我强逼着自己这样做。

女警官说，要是她是我，能叫多大声，就叫多大声。

突然，他的身体开始颤动、痉挛。在这个时候，他没那么警惕，变得比较脆弱，我或许可以挣脱出来。就在那一刻，我一肘击在他的肋骨间。我并不勇敢，但这次赌了一把。

他对我的动作始料未及，所以失去了平衡，惊讶而狼狈地从床的一侧滚了下去，就像一个从人的背部滚落的小虫子，无用但疯狂地挥舞着四肢。他的裤子还挂在脚踝上，眼中一片茫然，好像围猎中走投无路的猎物。

我跑到了门外。我的床到门的距离不足两米。我近乎全裸地站在楼梯口，血顺着我的大腿流下来，在我的皮肤上留下道道红色、弯曲的痕迹。他追上我的时候，刚刚穿上裤子，前裆处的扣子还没扣上。他没把我带回房间里去，尽管他可以毫不费力地做到这点，只要用枪威胁我就行了。他站在我面前，一动不动。我在他的眼中再次看到了恐惧，这次的恐惧比之前任何一次都来得强烈。恐惧好似一个幽灵，从我的眼中飘到了他的眼中。在楼梯口，他面对着我，一言不发，忽然变得手足无措，明显慌乱起来。或许他后悔了。他完全不知道自己应该做什么，或者能做什么。因为从床上滚落下来，因为情势突然逆转，他变得意志消沉。现在的他不过是个可怜人，焦躁、犹疑不定，但我不可怜他，没有为他突如其来的脆弱打动。我不难过，但我也不开心，没有劫后余生的狂喜。

在笔录的最后，我告诉警察，当时我唯一的问题是：怎么办呢？我对雷德说："现在，你马上离开，否则我喊人了。"我告诉两位警官这个结尾的时候，他们难以置信。"就这样？然后，他就逃走了？"我回答说："对，这句毫无攻击性的话让他害怕了。"

雷德一动不动，脸皱了起来，向我请求道："别这样。"我公寓的门还敞开着，他朝里走了几步，弯腰伸手拿出了大衣。我一边慢慢后退，一边看着他离开。他经过我面前时，我仍有些惊恐，但我知道他不会再干什么了，一切都结束了。

我回到房间里，关上了门。雷德又折回来，我听到他把脸贴到门上。他说："你确定要我走吗？我很抱歉。对不起。"我说："走。"结束了。

两位警官很难相信。我告诉克拉拉，他们不愿意记下我刚刚告诉他们的内容，他们不相信这就是故事的结尾，如此平淡无奇、令人失望。男警官问："然后呢？"好像怎么都该有个然后似的。于是我回答："我待在家里。虽然现在我告诉你那时候一切都过去了，但当时我总觉得他还会回来。我把自己关在房间里等着。我坐在床上，床单上、地上，到处都是血。"

我想到了艾滋病毒，我得去做个紧急预防治疗。但雷德可能还在楼梯间，他藏了起来，守着我。我呆坐了很长一段时间，花了大量时间坐在那里恨他，然后我决定动身离开。我洗了个澡，啊不，我是后来洗的澡，从医院回来以后。我穿上衣服，走去医院，记忆里我还带了一把雨伞，但并没有用上。以防雷德还藏在附近，我还在口袋里藏了一把用来自卫的刀。外面在下雨，云朵飘在天上，看起来像水泥块。雨点细碎，落在我的脸上，打湿了我的衣服，让人非常不舒服。我在雨中走到了医院，花了些时间找到急诊室的入口。我想，那股鱼腥味真是奇怪啊。医院大厅里，有一名流浪汉在来回踱步……

十

孩子出生后，克拉拉就不工作了。她说："相较于工作，我更喜欢待在家里。"

克拉拉说话间，她的丈夫一直保持着谜一般的沉默，我不解，为什么他自回来开始就不讲一句话。一开始，我觉得可能是因为他刚刚结束一周的工作，很累，或者是出于惯常的羞涩与寡言，又或者他不过是遵循乡下男人们一贯的准则——男人应该少说话，至少在女人和孩子面前不该多言。另外，这可能也和他的职业有关。他为一家商贸公司开重型货车，十几年来一直在公路上奔走，习惯了五六天都不开口说一句话。

十几年来，他来回穿梭在整个欧洲与亚洲边缘地区的公路上，没有任何旅伴，陪伴他的只有货车铺位上的一台电视机。他每周要跑几千公里，除了数十年如一日的柏油马路和城市路牌，他的眼中别无他物。他经过了很多城市，但由于缺少时间，缺少旅行需要的所有条件，任何一个城市他都没有游览过。对他来说，城市不过是一连串字母和仓库的代名词，最多是基于距离的不同，代表着不同的工资。在每月的工资单上，柏林意味着一百多欧，克拉科夫意味着一百五十欧，里加意味着四百欧。在路上时，他像平时一样，一个字也不说，也没开口的欲望。除非在深夜，需要去高速公路边上用纸板搭成的商店内，向疲惫的售货员买一杯咖啡或一杯酒时，他才会吐出几个字。他独自一人待在货车内，车里充斥着他的味道。由于缺少睡眠和正常的饮食，在密闭的空间中，这股味道显得越发强烈。

我和他一起去过一次伦敦。那时我十二岁，他建议我和他一起去。我们走了两天一夜。我之所以接受，是因为我以为可以借此机会去别的国家看看，练练学校里学的几句英语。我和他一起上路了，但到了英国，我只能在后视镜里看着自己的倒影，全程也没有听到一句英语。我们唯一看到的东西，就是伦敦的一条公路。我们走过偏远郊区的无名地带，到了一个大仓库。姐夫在那里卸下货物，清空卡车，其间没有和那里的英国工人说一句话。他管英国人叫“英国佬”，他对他们不说“Hello”而是说“Bonjour”[1]。他私下对我说：“我是法国人，所以说法语。”关于这段旅途，我记住的只有他的孤独与伤心。

姐姐继续叙述，姐夫仍然一言不发。她告诉他，大约早上七点钟的时候，我穿过自动门，走进了圣路易医院。医院很冷清。此时，距雷德离开还不足一个小时。

我向她描述过圣诞节早上的医院，安静、沉闷。克拉拉叙述道，二十分钟后，一位护士来了。她径直朝我走过来，身材笔挺，姿态优雅。她递给我一个半透明的白色塑料杯，里面装满了清水。我哭了，向她一遍又一遍地诉说我的遭遇。她没表现出任何不耐烦，以平静、专业、沉着的态度对我说道：“你表现得很勇敢。你经历的事几乎和死一样糟糕。”她问我，是否要联系家人，我说不。她离开后，不知道为什么，我一直用指甲摸着塑料杯上的圆形凹槽。我想要尖叫，想打翻候诊室里所有的家具。这疯狂的欲望折磨着我，在我脑海里挥之不去。我想在墙上刻字；想扯掉床

① Bonjour，法语中的“你好”。

单；想任由自己发疯，叼着枕头左摇右晃，让羽毛在房间里飞舞，看着它们散落在我身边，散落在我的脑袋上、肩上；想看到进来的护士惊恐的样子。

护士告诉我，医生稍后就来，只需要等几分钟，但要比平时看诊稍微慢一些。“这是自然的，”她说，因为现在是圣诞节早上，值班的人比平时少，“医生也要过圣诞节。”我点头表示赞同。“您还需要别的什么东西吗？”我什么都不需要。我使劲感谢她，简直有些谄媚，我感谢她让我重获新生。我大着胆子说：“遇到您这样的人是我的幸运。”

医院小候诊室里的墙上有一些涂鸦：有些是画，有些是几行字。我躺在布满灰尘的床上，稍稍一动床就吱呀作响。我心想，谁会在医院的墙上涂鸦呢？干这事需要胆子特别大，不害怕被随时都可能进来的医生或护士发现，我就从未这么大胆过。我按吩咐等着，但一直没有人来，尽管护士承诺过医生过几分钟就来，但我等了很久还是没有任何医生出现。久等之下，我不禁开始用温和的语气自言自语地抱怨。我几次穿过走廊，想告诉护士小姐我等不下去了。然后，我又折回来，继续等待。我不再躺在床上，而是站起来在房间里绕圈子，一圈又一圈。突然，我非常想要呕吐，冲出了房间。我对对面房间里坐着的护士说，我有些恶心，“要是医生来了，告诉他我在卫生间”。我当时心想：“都是因为你，我才得去卫生间。我这么难受都是因为你，你把我留在这里等死。”

那个流浪汉也在卫生间里，他站在洗手池前，头发油腻腻地垂到前额，黏在脸上。他向前弯着腰，头放在烘手机下，烘手机吹出一阵阵热风。克拉拉的描述是：弯腰把头放在机器下面。他张开嘴，口中兜满了热风，脸颊鼓鼓的，看起来就像一个将头伸出飞驰的汽车的孩子，我十二三岁和爸爸一起坐车时就喜欢这样干。流浪汉的嘴张着，露出一口黑黄色、参差不齐的牙齿。与其说是牙齿，不如说是一列褐色的小石头、一片尖尖的小山丘，山丘与山丘间还有大片的空地，好像那里有一天还会长出新的牙齿一样。他快乐地喘息着，发出长长的叹息。他没看见我。我嘴里满满都是呕吐物，吐完之后，我在一个洗手池前漱了口。我抬起头，观察镜子里的自己，我的眼睛比平时还蓝，“我觉得它们很美”——那一晚我也对迪迪尔和若福瓦说过同样的话。我朝洗手池吐出黄色的黏稠液体，离群索居的流浪汉在暖风下发出长长的叹息。他出去的时候冲我笑了，于是我又看见了他的牙。我想象着他正在咬一块生肉，下巴和嘴唇上满是血。十分钟后，我从卫生间回到了等待的小房间。医生还没来。我等不及了，握紧了拳头，下颌也绷得紧紧的。我心想："现在太晚了，我病了，都是因为这些人我才病了。"我站了起来，又开始在房间里兜圈子。现在来不及了。

克拉拉说："他穿过了走廊。这是他最后一次这样做了。"

她说，我绕过了对面的房间，当时我不知道医生其实就在里面。我又问了一次医生什么时候来。在办公室的角落里坐着一名护士。我来的时候就看见了她，但一直没和她说过话。至少，我觉得她是服务台的一名护士，她没有自我介绍过，所以我以为她是护士。我以为是护士的女士对我说，她就是医生，没有一直拖着不见我，我来的时候她就在那儿了。但我被告知要耐心等待，因为这是圣诞节，医生会晚点儿来。现在，我知道了，医生一开始就在了，我像个幽灵一样在医院乱逛的时候，她就在了，就在墙上有涂鸦的房间的对面，我们相隔只有几米。她一个人在玩电脑，而艾滋病毒很有可能每分每秒都在我的体内疯狂繁殖，摧毁我的免疫细胞。

我在绝望中等了一个小时才见到了她。她没道歉，也不为她同事的谎言感到难堪。“您就是贝勒格勒[①]先生吧？”她说这个姓氏很好笑，她的评论有些粗俗。而我死气沉沉地回答说，这不是我的姓。我不想再和她待在一起了。我开始数数儿，心里想着：“数到五百，你就不用和她在一起了。”她坐在电脑前，离床不过几米远。在她提出第一个问题前，我打断了她的话头。我想和她讲讲我今早产生的恐惧。我害怕我死了只有我的家人会知道。这里的家人是狭义上的，指的是我生理学意义上的家人，生我的人。没人会通知迪迪尔和若福瓦，通知我在巴黎的朋友。他们和我名义上的家庭距离太遥远了。

---

① 贝勒格勒（Bellegueule）：法语姓氏，作者原来的姓氏，后改为路易斯。

十一（一个噩梦）

克拉拉不知道，我曾以旁观者的角度梦见过自己的葬礼。这个梦可能和迪迪尔圣诞节送我的另一本书——克劳德·西蒙的《百年槐树》——有关。反正，我觉得想象自己的葬礼很正常。若福瓦和我说，每个人都至少想过一次。听到这句话的时候，我心里有些乱，一方面因为自己趋于庸俗而觉得有些羞愧；另一方面又为自己不是异类而松了一口气。我对护士讲述了我想象中的葬礼。没有人会来。我的堂兄弟、堂姐妹、表兄弟、表姐妹会很难理解我死亡的原因，从而提出和警察一样的问题："他为什么要让一个陌生人在深夜进他家呢？他当时在想什么啊？他肯定是被强迫的，肯定发生了一些我们不知道的事。普通人不会在深夜带陌生人进家门。太可疑了，不合常理。"或者更糟，有些人会说："我要杀了这个阿拉伯坏小子，我要杀了他。"其他人会补充道："我总是跟他说小心一些，但没用，他不听我的。驴一样倔的小子，只按照自己的心意做事。"而那些对我死亡的真实情况知道得稍微多一些的人，终身都会非常羞愧。他们会把这个秘密烂在肚子里，永远不对村里其他的居民、工人和朋友提起。他们只会说："他被袭击了。一个阿拉伯人勒死了他。他是被一个阿拉伯人杀死的。"（他们总是将西班牙那边各个国家的人，包括葡萄牙人、希腊人和西班牙人，称为阿拉伯人。）"他一直很理智地反抗。"他们绝不会说出半句可能泄露实情的话，比如，"他带一个男人去了他家"或者"他在路上遇到了一个男人"。

像很多村子一样，我们村也有一小片由教堂、政府和学校围成的空地，专供村里的女人嚼舌根。她们才不会上当呢。"贝勒格勒家的（某某家的表示某家的儿子或女儿。我经常被叫作贝勒格勒家的，即贝勒格勒的——我爸爸的——儿子。我的兄弟姐妹也常常被叫作贝勒格勒家的，我爸爸也常被老一辈的人叫作贝勒格勒家的，他们是看着他长大的）被一个阿拉伯人杀了。他把这小子带回家了。我早就说过，他是个同性恋，现在你看看，果然……愿他的灵魂安息！其实他也可怜，不该这样死。他在学校成绩很好，人也讲礼貌，我们在面包店遇到了，他都会打招呼，说‘你好’。在路上遇到了，即使他马上要过马路，也会打招呼说‘你好’。”

这个时候，迪迪尔和若福瓦还在巴黎，完全不知道我出了事。我告诉护士，他们完全不会知道我死了，还在奇怪为什么我三天都没有给他们发消息。通常，我们每天能互发一百多条短信和邮件。他们会来敲我的门，询问保安，但对我的情况仍一无所知。葬礼过了很久后，他们才会得知这个消息。噩梦中的这一幕格外清晰：他们从巴黎坐火车到了阿布维尔[①]火车站，在阿布维尔下车后又坐汽车，走过十七公里的油菜田、甜菜田和土豆田，终于到了这个他们从未听闻过的地方。若福瓦找到了车站，在车站对面的花店买了一大束花。（尽管迪迪尔可能会说干吗要给死去的人买花，他们又看不见。）卖花的是个可爱的小女人，和他们说了几句话，脸上一直带着笑容。他们在狭小的候车室里等车，所有人的目光都难以避免地集中在若福瓦和他手里庞大的花束上。那束花已经大得显眼了，更何况塑料纸与花之间还会摩擦发出声音，

① 阿布维尔 (Abbeville)：法国北部庇卡底大区索姆省城市。

让人觉得很蠢。若福瓦很可能会买束大得离谱的花，“他就喜欢这个调调”（类似的话，脱离了语境就会显得荒谬，只有在这种情境下，有情感的加持，此类话才不会那么可笑）。为了躲避人们的目光，他们俩冲进了一辆出租车。在当地人眼里，他们肯定像两个小丑，做事稀奇古怪，与周边的环境格格不入。在以工人为主的小城市里，巴黎人很少见。这两个人穿着大人物穿的大衣，戴着小圆镜片的眼镜，还在等出租车，真是太可笑了。当地人从来不打车，太贵了，除非生了病，可以报销打车费。本地人会想，这两个小丑是谁？也可能会有人向他们投以同情的目光，尤其是女人，而且年纪越轻的女人越容易动感情。和男人相比，女人更容易被感动。她们可能马上就会意识到，这是一束悼念的花，意识到迪迪尔和若福瓦是为了一场葬礼从城市来到此地。他们坐进了出租车，车朝着村里的墓地开去。因为那束庞大的花束，车里很挤。司机一直在抽烟，烟味让他们很不舒服。这里远离国家中心地带，远离大城市，远离政治，因此也远离法律及规定。他们两个挤在出租车中，迪迪尔受不了烟味，司机抽烟的味道让他喘不过气，但他一句话都不敢讲。也许他们被熏得流泪了，喉咙变得干燥沙哑，一个词都蹦不出来，彼此之间只用耳语进行交流，用轻轻点头和几乎听不见的“呃”表示同意。

他们到了。在出租车开了四十五分钟后，他们终于到了墓地。司机全程都在后视镜里看着这俩人，努力说服自己，不管自己做什么，这两个巴黎佬都不敢吭一声。司机向他们要了一笔非常高昂的车费，远远超过了实际应付的费用。他心想，自己平时拉的乘客很少，做司机根本无法维持生计，还得从事副业，所以向这两个巴黎佬多要点儿钱完全不必有什么顾虑。这有什么不可以，很正常，这也是财富再分配的一种方式嘛。他讨厌这两个巴黎人，他们的样子真够可笑的，他记起了小时候经常唱的那句“巴黎人，牛脑袋；巴黎人，狗脑袋”。迪迪尔没有争辩，直接付了钱。他知道他们被司机敲了一笔，但没办法，他无力反抗。他们下了车，在泥地里穿行，鞋子踩在泥地里，每走一步，都溅起褐色的水花。那天在下雨，这是非常确定的。法国北部的雨就没有停过。雨水不断地打在他们脸上，平添了一分伤感的气息。他们推开生锈的铁栅门，漆没掉之前，门应该是深绿色的。（都是因为雨。）关门的时候，门“吱呀”一下，发出一声尖锐的声响。他们继续向前走，不对视也不说话，低着头搜寻混凝土墓碑上的姓名。大部分墓碑都荒废了，上面布满了常春藤和青苔。我的墓碑淹没在鲜花之中——花是村里的女人们带来的，她们常说“他还年轻呢”——迪迪尔和若福瓦找不到地方放他们的花，只好放在了旁边的墓碑上。他们反复说道：“我们甚至没有出席他的葬礼。”

十二

她声音变了。医生听我说了自己的遭遇后，声音就变了。她跟我说话时不再看着我，而是将脸转向电脑屏幕，屏幕发出的光照亮了她的两颊。

“我跟艾迪说，可能那个护士让他等着是因为她觉得艾迪的情况不严重。毕竟，他每三分钟就要从一个房间走到另一个房间，反复地开门、关门、开门、关门，站起来、坐下、站起来、坐下……人家可能以为他鬼上身了呢，很正常。可能前台的人也没告诉任何人他来了。永远不要相信前台，他们最坏了。那个护士可能也没告诉别人。然后，他把一切都说出来了——他是怎么被强暴的，又怎么来了医院。但这个时候为什么要这么详细地说这件事？有什么用呢？他说完后，医生劝他报警。”

我拒绝了。她稍稍坚持了一下，说司法程序就是为了帮助我这样的人而存在的。我心想，她竟然相信司法程序有用，对谁有用？我之所以不报警是因为害怕，但口中一直说着“我不感兴趣”；我知道我是害怕报复，但嘴里说的是“我不愿意”。然后，我又说我不报警也有政治因素，我讨厌国家强制力——这确实是我不报警的原因之一，但不是首要原因。在我看来，雷德犯的错还不至于让他进监狱。但最重要的是我害怕。她好像没听到似的，还是对着电脑，她的脸在屏幕发出的荧光下呈紫红色。她肯定很多年前就明白了，她工作的首要任务就是通过沉默控制病人的疯狂。她把处方递给我，提醒道，要是我改主意了，第二天去报警也不晚。之前看电脑的时候，她对我说过：“我看到你在我们这里已经有过一次记录了。”没错，两年前，我做过一次针对艾滋病的预防治疗。然后，她面目狰狞地说：“这也不算个污点。”“这也不算个污点”的实际含义是：这就是个污点，我就是个污点。她的语速有点儿快，声音也有点儿大，就好像有人将要反驳她，或者有个护士爬上了办公桌或床，手在嘴边围成喇叭，向所有人高喊“这小子是个污点”，而她予以否认一样。我告诉克拉拉，这是防御心理，很明显，这是她第一时间想到的东西，条件反射，然后她试图弥补自己错误的想法，所以说出了相反的话。

我们站了起来，医生替我开了门。我们在走廊里穿行，两侧的门排列得整整齐齐，几乎都是关着的。

走廊里很暗。医生的鞋跟在地板上敲击，声音与昏暗的走廊极其相配，听上去就像黑暗的产物。她把我带到电梯那儿，告诉我：“下到地下一层。药房在左边的第二个走廊。地下一层，左边第二个走廊。那里有人会给你药。”然后，她又补充，“现在报警还来得及。”

克拉拉说：“她说的没错，应该报警。”

我向她道谢，跟她说再见，然后转过身去，按下了电梯按钮。

我走出电梯。地下一层比楼上更安静，更恐怖。有一瞬间，我觉得医院里只剩下了我一个人，医生们都跑了。在我转身进电梯的一刹那，所有人都无声无息地撤离了，但没有人告诉我，我将在这宛若迷宫般的走廊中来回游荡，直到死去。我寻找着药房。

我听到了声音，它们好像是从很远的地方传来的，我得花上几个小时，到处跑遍了才能找到发出声音的地方。所有的走廊看上去都差不多。我找到了药店，拿到了一些胶囊。我把它们放进兜里，出了门。

我回到家，坐在床上，心想：“现在，我没事儿干了。”随着时间流逝，我越发烦躁，甚至不知道该拿自己怎么办。我看着 iPad 上的时间，等着时间溜走。若福瓦说，这个反应很正常，经历过那样一个激烈的事件后，我得找到一个比较和缓的节奏，就像我为了赶上生活节奏时得随之改变一样。就是那个时候，我洗了一遍公寓，去了一趟洗衣房。

“他从洗衣房回到家，打开了窗户。他觉得通风有助于彻底净化房间。他有点疯了，好吧，他开始觉得有必要彻底换掉雷德呼吸过的空气。他面对窗户，用尽全身的力气呼气。他故意咳嗽，好排出体内所有的空气。你知道，他怀疑体内氧气的来源。他对我说，他必须咳嗽，因为他很确定肺里的空气是雷德呼出以后又被自己吸进去的，现在扎在了他的肺里。他不想要雷德呼吸过的空气待在他的肺里。所以，他站在窗户前，想把这些气吐出去。

他喘气、吐气、咳嗽，一直重复这些动作。”

那时，亨利已经醒了。我打开 iPad，看见脸书上他名字旁边有个小绿点。我给他发了条消息。他建议我去他家。我又发了一条，假意说自己不想打扰他。他执意要我去。我走到最近的自行车自助出租站，跨上一辆车走了。我在冷风中骑着车，冻得直掉泪，握着车把的手的关节皮肤冻红了。此时，迪迪尔和若福瓦还没醒。

我到了亨利家。若福瓦几小时后给我发了消息。当时已经接近中午了，我正闭着眼躺在亨利的床上。

“他们决定换个地方见面，不去共和国广场了。”克拉拉说。

我离开了亨利的公寓，临走前向他道谢。他对我说：“如果你需要帮助，随时随地都可以来找我。”我一个人在东火车站旁的车站等着若福瓦。每次有人从地铁口、出租车或身后的火车站出来时，我都会想：“他找到我了。”我得花很长的时间才能意识到那不是雷德。环顾四周，我觉得身边所有人的脸都变成了雷德的模样，哪怕进地铁站的人和雷德没有任何相似之处，哪怕那个男人或女人个子挺高（雷德比较矮）。无论看见谁，我的心都会停跳一拍，慢慢地，雷德的面孔从那些人的脸上逐渐消失了，这时我才能看见他们的真实面孔。

我注视着车站挂着的钟，心想："快来，若福瓦，快，我数到一百二十五，要是数到一百二十五你还没来，雷德就会找到我了。"一百二十五了，他还没到。我又数了一遍，这次他要是不来，我就真的会被雷德发现了。然后，若福瓦来了。我们打了一辆车，因为若福瓦猜到我会害怕在地铁里遇到雷德。若福瓦告诉司机，他会多付点儿钱，请他开快些。我们在出租车里谈了些别的事，但词语的含义发生了变化，我们说的是一种我们之间的密语。若福瓦问我想不想吃饭，这里的"饭"实际指的是"围巾"。他让司机把音乐调大点儿声，"音乐"指的是"手枪"。

迪迪尔想谈谈雷德。

十三

迪迪尔在“名流”咖啡馆等我们。他穿着我昨天送他的套衫，我老远就看见了他。他坐在房间深处——衣帽架后面——面前摆着个杯子。他看起来很难过——随着时间推移，我越来越难以忍受这种难过。昨天，我和克拉拉一起看了一部纪录片，影片放到五分之四的时候，旁白说到了黑奴存在时期，存在针对黑人女性的强奸。当旁白说到“强奸”这个词时，我感受到了克拉拉的局促不安。她眯起眼睛，嘴巴也嘟了起来。我恨她表现出的尴尬，恨她的难过又将我拽入了回忆之中。我想她永远也不会明白，雷德的事让我刻骨铭心，但回想起来又十分遥远。我一面将这件事藏在心底，生怕有人抢走这份记忆；一面又觉得恶心。若是有人在我面前谈起这件事，我更会无以复加地恶心，恨不得立刻将这人摔在地上，然后跑走。

迪迪尔建议我讲讲这件事。他告诉我，我应该和别人谈论这件事，这能够帮我尽快将注意力转移到其他事上——不是遗忘，遗忘是不可能的，而且，即使可能，也没什么用。他的话有道理。经验告诉我，那些想要忘掉过去的人和那些为过去所困的人一样孤独。问题的关键不在于能否忘记，忘记是错误的方法。这一周，我告诉克拉拉，问题的关键是：一年以后，我能否不再沉湎于循环往复的记忆中。自二十四号晚上，或最晚从二十五号开始，我就一直为这个目标而努力。我向迪迪尔保证，我将拆解过去，构建一种一念之间就可打断或继续的记忆模式。在这种记忆框架下，我记得的越多，自己的痕迹就越浅，我不再是回忆的中心人物，而更像一个旁观者。

但迪迪尔马上又说："你应该报警。"我不想报警。我看了看他身上的衣服，他这么快就穿上是出于好意，想让我觉得自己的礼物有价值。这件衣服很适合他，我想告诉他，这个颜色跟他很登对，以后可以多穿这种颜色。可他又重复道："你应该报警。"我真搞不懂，他为什么一直这样说。他的这句话让我有些恨他，我以前从来没这样过。若福瓦比他谨慎，有些犹疑。几个月来，他都在写一本与司法有关的书——《批判审判》。若福瓦几乎每天都在谈他的书，所以我多少知道一些书的内容。因此，我觉得他应该会站在我这一边。我等着他帮我说话，但结果是，尽管语气不那么肯定，若福瓦也说应该报警。

我心想："报警有什么用？无论如何，你都不能把一个人送进监狱，你不能这样干。"环顾四周，能帮我的只有我的高傲。我紧紧抓住这点儿高傲，继续想："他们根本不知道监狱是什么样的，但你知道。他们没见过，你见过。你在那儿探视过你的表兄希尔万。你记起来了，你什么都记起来了。他向你描述过里面的生活。还不止他，不止他一个人。你看过其他的犯人，那些疲惫的、被蹂躏、被撕扯过的脸。他们的家人从看守所离开时，脸上有同样的疲惫，好似他们从犯人那里拿去了一部分劳累，以减轻对方的负担。"但迪迪尔和若福瓦不会知道这些，他们没有见过——我傲慢地想——他们什么都没见过，但我记得很清楚。他们没见过监狱的入口，他们根本不知道自己在谈论什么，他们没见过监狱的砖墙，没见过砖墙投下的阴影，没见过墙外站着的一个个家庭，没见过犯人们的家人站在墙外奉承看守，等着念到他们亲人的名字，等着进入会见室。但我忍住了，没说出来。我跟他们说，要是雷德被捕了，他出狱后会找上我、报复我的。“不会。”迪迪尔说，艾曼纽告诉过他，这样的报复从没发生过，“艾纽曼是律师，知道得比你清楚，他的话很有说服力。”

我垂下眼睛，盯着迪迪尔面前的杯子，心想：“这不能减轻我的恐惧。他们该考虑的不是可不可能发生，而是你会不会害怕。他们应当把你的恐惧放在首位，但他们没有，他们没有，他们既没考虑你，也没考虑你的恐惧。”我没说出自己的想法，我当然不会说，只说我不想让这件事影响我未来几个月的生活。我说，他们会不停地让我重复发生的事，给我的身心都造成强烈的影响。那时，我不知道自己后来会那么爱谈论这件事，之后的几个星期都在一遍又一遍地重复向护士说过的故事。但向警察叙述是不同的——自主谈论和被迫谈论是完全不一样的事，两者甚至是相互对立的。现在我知道了，尽管这两者都是说话，但没有任何共通之处，有时候，说话就是受罪。迪迪尔反驳我说，要是我去报警，会忘得更快。这是错的，他也知道是错的，警察会强加给我一个不属于我的故事，他们想让我说的不是我自己的经历，而是他们刚刚告诉我的故事。报警，意味着你要背负整件事，弯着腰走上数个月，这个故事会压断你的肋骨，撕裂你的肌肤，折断你的关节，挤压你的内脏。

迪迪尔和若福瓦还在喋喋不休，我太愤怒了，根本听不清他们的话，甚至都看不清他们的面容。我觉得我身边是两个模糊的人影，在喋喋不休地指责我。他们不再是迪迪尔和若福瓦，不再是那两个多次救我于水火的人。我心想，他们和雷德一样，他们就是雷德。雷德代表的是不想经受、但不得不经受的东西，雷德是剥夺、沉默和分离的代名词，是不想接受、但无力阻挡的后果。我努力分辨他们与雷德的不同，但找不出来，他们是雷德的衍生物，他们就是雷德。我不再看他们，试图回忆他们的脸。我想："他们就是雷德。雷德剥夺了你的行为能力，在一个小时里，他夺去了你支配自己身体的权利，他们也是一样的。就像你求雷德放过你，你也求他们停下来，但他们不，他们继续勒你的脖子，让你喘不过气来，继续喋喋不休，不肯停下来。"

迪迪尔说："要是你不报警，他可能还会对其他人做一样的事，报警是你应尽的义务。"但是，凭什么是我应该冒着可能被报复的风险付出代价？我为此受的苦还不够多吗？我没说话。他提建议时只考虑了他自己的利益，而没考虑我的。不，他说这话甚至不是为了他自己，我去报警的话，他不会有任何好处，他能得到什么呢？什么都没有。他只是在说自己以前学过的话，但他自己不会从中获得任何好处。若福瓦也开始帮腔，他反复劝我，一定要我再次回忆起那次不堪回首的经历，将我拽回刚刚挣扎出的泥潭。他坚持道："你还算幸运，但下一个受害者可能会被杀掉。"听到这话时，我在心里呐喊："要付出代价的不是你啊！要经受第二次伤害的不是你，要牺牲自己帮助他人的也不是你……"他们轮流劝我。我心想："别听了，把他们的舌头拔了、切了，让他们不能说话。你没必要再经历一次这种痛苦。"我不懂，为什么我们总要求受害者做证人，就好像被伤害了还不够似的，还得为自己受到的伤害作证。为什么他们得反复叙述自己被伤害的经历，直到疲惫不堪？我没有义务保护任何人，这不公平。我一言不发，可心里想的是："不，恰恰相反，我应该有保持沉默的权利——被暴力伤害过的人应该有避而不谈此事的权利，他们才是唯一有权沉默的人——因沉默而被责备的不应该是他们，而是别人。"

迪迪尔还在说，而若福瓦越来越明确、越来越坚定地支持他，但相对而言，他还是比较保守。我羞愧地低下了头，但心里觉得他们正在用枪抵着我的背去警察局。我不能把这句话说出来，因为我觉得他们会哈哈大笑，尽管这句话很在理。我又想："他们不想让你逃跑。你想逃，但他们劝你别动。你想逃出雷德待过的公寓，但他们不想你逃出去，他们不想你一肘击在雷德的肋骨上，然后逃出去。”此时，我感觉他们的指责正压着我的喉咙，让我的太阳穴突突直跳。沉默过后，我突然愤怒地说：“好吧，给我点儿时间考虑一下。我们先吃饭，吃完饭我再给你们答复。但吃饭的时候我们最好谈点儿别的。至少让我好好吃顿饭，这要求不过分吧。”吃完饭，我们付了钱，向警察局走去。这时，我的身体已经不属于我了，我看着我的身体带我走进了警察局。

十四

克拉拉说，十二月二十五号的晚上，我们三个人进了圣徐比斯广场的警察局。然后，她开始向她丈夫描述我向她描述过的场景：天花板上吊着花彩，角落里摆着圣诞树，五颜六色的小灯泡闪烁着，绿的、红的、蓝的、黄的。

我不再认真听克拉拉说话了，她总是离题，这让我有些疲倦。

接待处的女警官问我们有什么事，我结结巴巴地说不清楚。迪迪尔代我回答道："他要报警。"他们真是要按着我的头做这件事啊！女警官说："报警缘由？"我只能回答："谋杀未遂和盗窃。"你肯定没想到吧，警官，我心想。她微微退了一步，有些犹疑地看着我们三人。

克拉拉告诉她的丈夫:“那个女警官被吓到了。”

我看着她，用目光示意她我是认真的。她明白了，说:“会有人接待您的。”她身边的两位男警官对手上干的活儿失去了兴趣，转身看向我。一位警官向我走来，问道:“是您吗？”他向迪迪尔和若福瓦打了个手势，冲我笑了一笑，让我跟上他。迪迪尔和若福瓦不能陪我，他们不得不在昏暗的大厅里等着。

他将我带到办公室，对我说“请坐下”，然后出去了一会儿，回来后对我说“说吧”。

一开始，我说什么他就记什么，然后，他敲键盘的声音逐渐慢了下来。我杂乱无章地叙述着。最后，他根本不记录了，但我过了好一会儿才意识到打字的声音消失了。我一直在不停地说。他打断了我，说他不能处理“我这样的事”。

“先生，这太严重了。”他说会带我去几条街外的另一家警察局，还在第六区。我想象自己站了起来，用肩撞开门，跑到走廊上，跑到街上，跑到夜色里，一直跑，身后的门散落成一地碎片。然而，我没有，我还是待在椅子上，警察又出去了一次。

我被告知必须坐车去下一个警察局。两位负责护送我的警官到了。我想起了迪迪尔的套衫。警官告诉我，我要去的那个警察局距这里只有三百多米，迪迪尔和若福瓦可以走过去和我会合。我问警官能不能跟他们一起走过去——我是这么跟克拉拉说的："我想和他们一起走几步，和他们说说话，我需要他们。"我不明白，为什么非得坐车不可。警察对此知道得也不比我多，只说这是规定的程序，他们得按程序办事。我心想："是不是我们之所以按一项程序办事，就只因为它是个程序？或者，为了事情顺利进行，一定要有没什么用的程序？"后来，若福瓦和我说，这个程序应该是有一定道理的，他向我解释了一次，但我忘了。

我听见克拉拉继续说："那两个警官是两个啤酒肚的秃子，才不是电视上那种又高又强壮的警察呢。电视上的那种警察不存在，别做梦了。不过就是两个大肚皮的小个子，秃顶，肩膀窄窄的。艾迪告诉迪迪尔和若福瓦，门口站着的两个人要带他去另一个警察局，这里不受理他的案件。然后，他跟他的朋友们说：'你们可以回去了。'"

的确如此。我让他们离开，但心里却在说，别听我的。那两位警官告诉我，在第二个警察局，迪迪尔和若福瓦不能陪在我身边，我既不能看他们，也不能和他们交谈，所以我告诉他们可以走了。其实，我心里不是这么想的。他们不是傻瓜，肯定会留下来了。他们在第二个警察局中等着，那里比第一个警察局更加昏暗寒冷。我进去的时候，他们已经在等我了。我跟着两位警官上了车，系上安全带。负责开车的警官发动了车子，这两个警局之间的距离非常短，估计他刚将手刹松开，迪迪尔和若福瓦就已经走到了。两位警官载着我来到第二个警察局。我走了进去，里面的一位女警官对我说，她希望我明天去看心理医生。然后，我就被带到了楼上。

我不那么恨迪迪尔和若福瓦了，我被带着做了一大堆事，以至于我不再沉浸于自己的愤怒了，我甚至开始积极配合。事实上，我投入了极大的热情——我表现得像个优等生，积极回答警察提出的每个问题，回答完以后，又摆出知道自己没犯任何错误的满意样子，弓着背，扬起眉毛，表示很高兴自己能出一份力。然后，愤怒又占据了我的内心，我想起了自己并不想来做笔录。不过，愤怒还是很难持续很久。

“他们要他从头开始。”

他们要我从头开始。第一个警察局的警察没有保存任何之前记录的材料，连开头几行都没有。我真的很想睡觉了。

之后一个月，我一直住在弗雷德里克家，他家离迪迪尔和若福瓦家都不远。我在自家睡的第一晚并不害怕，第二晚却无法入眠——若福瓦说，这是常有的事，为了写那本与法律有关的书，他参加了一些庭审，其间听过这种说法。

很奇怪，人们第一夜不害怕，第二夜却会害怕。第二天，我有些恐慌，不知道该不该在家里睡觉。弗雷德里克建议我去他家睡几个月。他和我说：“我来接你。”一刻钟以后，他就坐着出租车到我家楼下了。

在警察局，我不停地重复、重复，周围所有的人都有理由让我重复，眼前的人不再是男人和女人，而是不断让我重复的人。半个小时后，那里的警官和我说了跟圣徐比斯广场警察局的警官一样的话，她的话更详细，但语调同样轻快、冷漠：“我们这里不受理你这样的事。你得找一个更合适的机关，见其他的工作人员。这样的案件要找的是司法警察。”我说：“我没力气了。”她说：“我明白。”

他们想了一会儿，女警官打了一个电话。她告诉我，她想到了一个办法，我相信她是想让自己显得可靠些。我等着她说话。她说，他们可以把记录的证词发给司法警察，不过我还需要回答几个司法警察提出的问题。毕竟，尽管待会儿还要见司法警察，但我已经不可能再叙述第三遍了。

我已经想象出了之后几个月的生活，都是没完没了的程序。

我走下楼梯。这次我是真的想让迪迪尔和若福瓦回家。女警官建议我结束之后，再用警局里的座机给他们打个电话。迪迪尔和若福瓦想写下自己的电话号码，好让我给他们打电话。警局里有三堆招新的宣传册，我拿过来一本，撕下了一页。他们在上面写了自己的电话号码。冰凉的纸面上，墨迹闪闪发亮。俩人一面写一面与我辩驳，不愿意离开。我坚持要他们回去。最后，他们终于相信，我是真的希望他们走。回去后他们一直没有睡觉，等着我的电话。他们离开时已经很晚了，大约是晚上十二点的样子。

他们走到了出口。我看着他们离开。他们穿过大门，消失在夜色中。我感觉我的内脏破裂了，我想尖叫，但我听不见自己的尖叫声。我开始无法呼吸，嘴、喉咙、食道、肺都爆裂开来、瘪了下去，看上去像被压扁后的橡胶碎块。我喘不过气来了。我想追上他们，折断他们的关节，死死拉住他们，求他们别听我的，不要走，别留下我一个人。我不得不开始咳嗽，通过咳嗽声使自己镇定，提醒自己我还活着。我在大厅停留了一会儿，第一次意识到了当晚有多么寒冷。突然间，这个夜晚和之前的所有夜晚一样，与寒冷密不可分地联系在了一起。

十五

我到克拉拉家后，对她说了这些天发生的所有事。去完警局后的第二天，我还得再去一次医院。当天早上做的快速检查并不合格，我必须去一家更权威的医院接受一种被称为“司法服务”的特殊检查，检查名称的缩写为 UMJ，即司法医疗紧急服务。医生会检查我身上留下的伤痕，证实我确实受到了袭击。前一天，我在圣路易拒绝了这项检查。在警察局，我被动地接受了他们的安排。我太累了。

他们向我解释，UMJ 的医疗团队可以更准确地证明我是否被袭击并差点被勒死过，这一点将彻底改变案件的性质。通过观察和测量伤口的尺寸，有人会评定我的伤口是否达到接近死亡的程度。他们还说，对于是否被强暴过，也需要通过临床检查来证实。

当晚在警局，一位男警官直接打电话预约了医院的检查。

做了八小时笔录后，我到主宫医院[①]接受了司法医疗紧急检查。在圣诞节的第二天，我穿过了巴黎。整个城市都放慢了速度，车、行人都很稀少，甚至塞纳河的流速都变慢了，平静得不可思议。

医院里有一条通向司法医疗紧急检查科室的路，沿路的墙上挂着写有UMJ的A4纸，指向科室所在的位置。我推开一扇吱呀作响的门，对里面的人问道："是这里吗？"话音未落，门口的护士就回答我说："对。"她肯定在这儿工作很久了，以至于一下就能看出我为什么在这儿，可能是从我的语调中听出来的，也可能是从我嘴唇活动的样子看出来的。她可能还看到了我和雷德在广场上的相遇，看到了雷德最后的逃走，看到了我们躺在床上时照在身体上的蓝光——甚至可能看到了我向克拉拉说过的另一个插曲。

到公寓后没一会儿，外面突然响起了一阵声音，把我和雷德

① 主官医院（l'Hôtel-Dieu）：法国巴黎与一些大城市主要的医院的名称。

吓了一跳。这声音不知来自何处，一下子就离我们很近了。我们听见有人接近公寓门口，或者说，这个人不是慢慢靠近，而是突然出现，当我们发现时，他已站在了门口。我和雷德一动不动，面面相觑。他用眼神问我，这是谁；我也用眼神回答道，我不知道。我们竭力屏住呼吸，但越使劲，呼吸声越大。门对面另一个人的声音越来越近，距门只有几厘米了。那人不停地嘀嘀咕咕，声音很模糊，我们只能听见衣服的摩擦声和布料擦在桃花心木的门上的声音。雷德把手放到了我的胸膛上。当我听到钥匙捅进锁孔的声音时，惊恐达到了顶峰，钥匙在锁孔里转动，但门没有打开，我听见了自己急促的心跳声，眼皮也在一下下地跳动。我想了想，觉得这是西里尔，他有我家的钥匙，可能出于一贯的善意，想给我一个惊喜；也可能是刚刚吃完平安夜大餐，以为我还没回来，想在这里休息一夜。钥匙在锁孔里不停地扭动，怎么都打不开，门后的人开始用肩撞门，把钥匙拔出来、捅进去，再拔出来、再捅进去，循环往复，但还是打不开。门口男人的说话声大了起来。不知道他和门究竟搏斗了多久，我才意识到，他可能刚从平安夜晚宴回来，醉醺醺的，将我家错认为了他家。过了很长一段时间后，醉汉终于醒悟过来，笑着走了。他的声音走远了，下了楼梯，不知道去了哪一层，后来就听不见了。雷德和我放声大笑。后来的几天，我反复地想着这一幕，虽然害怕但是想家。

候诊室里还有三个人，都低着头。我进去的时候，她们基本都不看我。近乎本能地，我做了同样的事——不等她们出声要求，我就移开了视线。

两个女人面对面坐着：她们两个都很苗条、漂亮，画着很浓的妆。其中一位戴着护腿；另一位穿着一双有小圆点的红色平底鞋，我觉得看起来不错，鞋子的颜色与她口红的颜色很搭。第三个人个子很高，她的高跟鞋不光让她显得更高了，还让她驼起了背。她的腿好像男人的腿，毛发旺盛，腿肚粗壮、有肌肉。她穿着一条黑色皮质的迷你裙和一件人造皮的大衣，皮子模仿的是豹皮。大衣敞开来，一直垂到她的膝盖。她有一头短发，脸上的胡子很密，正在对接待处的护士发火。我被她与裙子和大衣不符的低沉嗓音吸引了，力图隐秘地欣赏她动人的美，我认为所有人都会这样谨慎地观察她。

克拉拉说道：“她在咆哮。”

咆哮女士的语气颇为郑重，说她们不能这样做。她大喊：“你们不能这样对待一位年轻女士，我要见医生，否则不做检查了。”她在哭泣，有些哽咽，无法继续大喊大叫。然而，在这个房间里我觉得自己很安全，坐在她们身边，我觉得不会被伤害。我想，我们都经历了相同的命运，她们应该比其他任何人都能理解我。这种想法可能并不正确，但我认为，那些在二十五号之前对我趋之若鹜的人没有一个能真正理解我。时间被分为了两段——经历了公寓中的事之前和之后。

克拉拉又点了一支烟。我听见了打火机点火以及之后长长的吸气声：“一位护士来叫他。护士走进候诊室，没有像在其他科室一样叫出病人的名字，而是走到艾迪身边，敲了敲他的肩——她可能是觉得艾迪不愿意别人听见他的名字，我也不懂。当然，她对所有人都是这样做的。她做得很对。那护士低声对他说，跟我来。她转身，艾迪跟在她后面。他和我说，他在口袋里带了起诉状，昨天警察特意替他打印了一份。因为不想再陈述一遍事情经过，他决定把这个呈给医生。”

不要听医生的话，我心想。我跟着护士进了办公室，见到了医生，他很用力地和我握手。克拉拉说，医生握手总是很用力，这是为了预告接下来的检查绝不轻松——但别听他的。我坐在了他的对面，办公室的另一头。

和计划的一样，我递给他两页起诉状。我站起身，身体前倾，从裤子后面的口袋里把它掏出来了，递给了医生，说："我给您带了起诉状。"他拒绝了，目光几乎没有落在纸上。他对我说："我更希望听你讲。"我没有任何要添加的细节，不知道再复述一遍能有什么用。所有事都写下来了，打印出来了，摆在他面前，我不想再说一遍。他又说："我更希望听你讲。"我心想："为什么？我不想讲。"他该叫我写下来。我能都写出来，说的时候却会胆怯。我开始叙述，但眼睛一直是干的。

"他哭不出来。该哭的时候却哭不出来了。他拼命回想他小时候就过世了的外祖母。"（事实上，我想的是迪米特里。）

检查快要结束了。护士展开一把卷尺，像裁缝用的那种，在我身上比画。他们量出我脖子上伤痕的尺寸，并拍下照片。护士向医生报出尺寸，医生将其记下来。

她将冰凉粗糙的软尺压在我的皮肤上，医生拍下照片并自言自语道："我不开闪光灯，好吗，这样更好，再来一张。"他说的"好吗"不是简简单单的一个"好吗"，而是拖着长长音调的"好——吗——"。护士指挥他："这边还有伤痕，还有那里、那里、那里。"医生让我弯腰，低头，抬起一只胳膊，好让他拍下所有受伤的地方。他在一些部位按了按，问我痛不痛，如果把疼痛分为一到十级，是在哪一级——我每次都想回答十五级，但最后还是说七或八级。我看见医生办公桌上有一个装着孩子照片的小相框，照片中的人明显是他的孩子，正在滑雪。我已经很久没滑雪了。我想起了渔夫的气味。他们在我脖子的伤痕上花费了很长时间。医生对我说："我认为他用很大力气勒了你很长时间。"我觉得他的话郑重得可笑，但我又心想："不必哭泣，我的身体就说明了一切。"

他们让我脱衣服，我马上感到了羞耻。我的羞耻心是自然产生的，小学体检时我就有了这种感觉。上学时去游泳，我同样也会感到羞耻。每次从一个池子跑到另一个池子，我都要两手交叠，挡在游泳裤前面，遮住泳裤下蜷缩的性器官。我当时体质虚弱，有些发育不良，皮肤苍白得可以看见出其下的静脉血管，这使我更加难堪。我尽可能缓慢地脱掉衣服。

医生和护士转向我，直直地盯着我看，他们根本没有假装没看到我的身体。其中一位漫不经心地说："您可以全脱了。"我早就知道他们会这样说，我一点儿也不惊讶。诊室里有座宽大的操作台，上面蒙着一层沙沙作响的棕色的纸，看上去像玻璃纸，医生让我趴到上面。"先告诉您，这不太舒服。"他用一把特制的刀检查更深处的伤口。后来，我对克拉拉说，因为他这句话，我觉得更耻辱了。他将刀插入，拍下照片，拍下了我身体内部的照片。我听见了每次按快门时发出的声音，医生对护士小声说："有伤口，有血肿。"医生问我："您流了很多血吗？"对，我流了很多血，毫无预兆地流了很多血。我对医生说："人连自己的血都不能相信，血都会背叛你。"血弄脏了我的裤子。我接着说："别人能顺着血迹找到我。"我的笑话没有让他笑，他嘴角都没有抬一下。我想笑，不知道为什么我想笑。我又讲了其他笑话，每次都可悲地失败了，嘴里残留下一股灰心丧气的味道。我觉得自己又不合时宜又粗俗，我讨厌自己说的笑话，但又忍不住继续说下一个。我知道自己非常无趣，但还是反复犯相同的错误。检查到最后，医生建议我去看看心理医生。他说医院里就有一位，现在有空。

我坚信我伤得很重，并且在很长一段时间内，伤势在不断恶化。我的身体记录了一切。我告诉克拉拉我无法忘记流出的血和自己的恐惧；我无法忘记治疗带来的疲惫、身上的伤痕，以及孤身走在街上时不断加速的心跳声。那一天过后，要是有人走在我的身后，发出的脚步声会让我害怕。但我知道我得自欺欺人。我知道，这不是一个能根治问题的方法，也不确定这个方式是不是人人都适用，但于我而言，我得说服自己我并没有受伤，我很好，即使这是个谎言。

这些谎言又一次救了我。仔细想想，在人生中有很多时候我都在撒谎。撒谎使我能够对抗压迫着我的这些事，这些事实际上是别人、外界强加于我的，比如说，我害怕雷德会把艾滋病毒传染给我。我意识到，撒谎是唯一真正属于我的力量，是唯一我可以无条件信任的武器。我坐火车来这里时，一直沉浸在汉娜·阿伦特[①]的一句话中。每次我和克拉拉谈哲学，她都嘲笑我，所以我没有跟她讲过这句话。阿伦特写道："换句话说，坚决否定事

① 汉娜·阿伦特（Hannah Arendt，1906—1975）：德国犹太人，二十世纪最伟大、最具原创性的思想家、政治理论家之一。

实——说谎的能力——否认事实——行动，是紧密相连的；它们一个接一个地发生，且都有同一个来源：想象力。即使在下雨的时候，我们也可以说‘阳光明媚’，当然，这没什么用……这一情况表明，在努力通过感官与理性领会世界时，我们并没有融入其中，我们还有一部分游离于世界之外。由此，我们可以自由地改变世界，并将新事物带入其中。”我的恢复就源于此，源于否认事实。

我拒绝看心理医生，但上次检查时——有人向我保证这是最后一次了——医生说心理医生会给我开完剩下的药。相较于被人陪着，我更想一个人去心理医生的办公室。我走在走廊中，去第二位医生的办公室。走廊里有巨大的玻璃窗，阳光涌入，将走廊照得通明。我心想：“数一千两百下就到了。一千两百、一千一百九十九、一千一百九十八……”阳光洒了进来，整个走廊都沉浸在炫目的阳光之中，干净纯粹得近乎讽刺。我到了心理医生的办公室门口，在外等着。我把耳朵贴到门上，留意着有没有叫到我。我见过的三位女士中的一位可能正坐在里面，我不想打开门吓到她，也不想看到她和医生交谈或哭泣的场景。但除了自己的心跳声，我什么也听不到。

我敲门。里面的医生让我进去。医生又高又瘦，双颊深陷，鹰钩鼻，态度矜持，两手微微颤抖——典型的医生模样。她向我指了一下椅子，让我坐下。她说话的声音很低，好像大些声音就会伤到我一样。我觉得她有些过于做作了。她没提很多问题，对此我非常感谢。她说，我经历了另一种形式的死亡。但相反，我因为活了下来才松了一口气，不明白她为什么想让我再次与死亡产生联系。

克拉拉站了起来。我听见了她走动的声音。她径直走到水槽边，装了满满一杯水。我听见了水流声、水装满玻璃杯和她喝水时吞咽的声音。她把杯子放下了。我听到她回到座位上拉开椅子时发出的尖锐的摩擦声。

“我讨厌这些。”

别听了。我对自己说。

时间停滞了。我拿着处方走出医生的办公室，尽可能慢地走向药房，然后更慢地走回弗雷德里克家。我想消磨掉一些时间，不想回去面对漫长的一天。药剂师看了看处方单上写的药。他肯定没想到艾滋病治疗是预防性的，我想，上面没写出来。他向我投以同情的目光，好像自己是我与死神的中间人。我宁愿他吓得倒退一步，也好过用这种哀伤的眼神看我。

我走回了弗雷德里克家。他现在在美国出差，临走前给了我一串钥匙。我走了最远、最曲折的小路，但还是比预期的早到了。我不明白，我走得这么慢，绕了这么多路，怎么还是到得这么早。我将自己摔在沙发里，回想着在遇到雷德之前，我的人生是什么样的。

我逐一完成了程序要求必须完成的所有事：医生的临床检查，警察、司法警察的询问，听取心理医生和医生的建议。同时我也产生了和这些制度化的强制程序一样不可避免的，因害怕和自我保护而爆发的过度的自尊心。

我开始以小时为单位计算我的生活。我告诉克拉拉，从医院回来后，我不知道如何填补突如其来的时间空白。之前的许多年，我竟然能一天都有事干，从早到晚，至少从中午到晚上（中午是我惯常睁开眼睛的时间），太不可思议了。现在，我每一天都在倒数今天还剩下多少个小时，心想："还有五个小时就结束了，还剩三个小时……"我想："要是我洗个澡，洗的时间长一些，就可以消磨掉三十分钟。要是不在淋浴的时候刷牙，而是洗完了再刷，就又能消磨三十分钟。”我洗完澡出来后，发现自己没洗够三十分钟，于是咬了自己的舌头作为惩罚。我捏了捏小臂，又想：“要是你去趟邮局，然后再回来，肯定又能消磨二十分钟，很简单，二十分钟。”我尽量使自己沉溺于对往日的回忆中：聚会前发生了什么？做笔录前发生了什么？去医院前发生了什么？做完笔录和检查我并不后悔，我不讨厌它们，相反，我松了一口气，感觉如释重负。我觉得自己终于可以清静了，至少我不想讲话的时候可以沉默，我的一天从中午醒来后开始。矛盾之处在于，我不知道白天能做什么事，连一点点的事都没有。我不想打开电脑写作，也不想去看望某个人，这让我恶心——反正，就像克拉拉之前说的那样，我恨其他人。我在弗雷德里克的沙发上坐了两三天，思考我究竟是就这样烦恼下去，还是去做我觉得恶心的事。于是，我干脆什么也不做。我心情烦躁时，常常觉得时间过得太慢。尤其是发呆的时候，时间就像凝固了一样，流逝得非常缓慢。但经过这段没有任何结果的思想斗争，时间仿佛突然加速了。

醒来后，我会一动不动地在被子下待好几个小时，其间只稍微变换姿势然后再次睡过去。在某个时候，阳光会穿过百叶窗，给我的脸蒙上一层温热的面纱，让我更加倦怠与哀愁。

我无法再次进入深度睡眠。由于没有完全睡着，在半梦半醒的时候，我会保持一种模糊的意识。处于真实与梦境的交界处时，我可以评判梦中发生的一系列事。我在做梦，但在梦里，我知道自己在做梦，我可以改变环境，让周围的一些人消失，又让一些人出现，没有什么能让我害怕，无论是从悬崖或六十层高的塔上跳下来，还是烧毁一片森林以欣赏起火时那壮丽的景象。要是噩梦来临，我就会醒过来，还是一个人，躺在床上。

我成为一个新的人。睡前，这个新的人会小心翼翼地把要吃的三颗药放到床边的一张报纸上，一整夜，这三颗药都在他身边。这样，他第二天早上就可以在床上吃药，不必起来去抽屉里拿。第二天醒来后，他就吞下这几颗药。为了早上吃药不那么困难，他前一天会把药切成小块。他还在床上放了瓶水，这瓶水整夜都在他旁边。他像对自己的孩子一样，把水放在床边，盖上被子。晚上，这瓶水在床上滚来滚去，一直滚到他身边，冰凉的水瓶擦过他的背，将他从睡梦中唤醒。他之所以放瓶水在床上，是为了早上服药时把喉咙里的药片冲进胃里。尽管药片已被分成了两三块，但吞起来还是不甚方便，常留在食道中。要是前一晚他忘了在身边放上一瓶水，第二天他就不喝水直接服药。但这样的结果就是哪怕过了几个小时，他依然会觉得药片一直卡在嘴与胃之间的某个地方，没有下去。他反复地咽口水，好让药片快些进到胃里，但他咽下的多半是空气。他打嗝，试图通过收缩喉咙与食道使药落到胃中。医生之前告诉过他，不能空腹服药，至少也要吃顿简单的早餐。事实上，空腹服药后，他起身后的第一件事常常是跌跌撞撞地冲向厕所，去呕吐。他向前伸着两只胳膊，看起来像个模仿盲人的喜剧演员，还处于半睡半醒之间，眼睛半眯着，眉头皱起，嘴唇发白。呕吐物的酸味终于让他清醒了过来。他空腹服药，原本是希望胶囊的药效不被干扰，胶囊能够完全溶化在胃中，随着血管传递到各个器官组织，但最后，他低头跪在马桶前，身体左摇右晃，缩成一团，像一块被人用粗暴的手法拧干的湿抹布。为了不淹死在马桶里的呕吐物中，他两手稳稳撑在塑料马桶圈的两边，直到再也没什么可吐的才起来。即使不呕吐，他也会从早到晚都觉得恶心。他下午往往还要睡午觉。他中午起床，在公寓里游荡会儿，下午两点又会上床睡觉，四点起来，然后焦急地等待着夜晚的降临，好再次去睡觉。他不得不继续治疗，他的身体一直不舒服。自开始服药，他的夜晚就不断拉长，从每天八个小时一直到每天十五六个小时。他心想：不管怎样，你活下来了。

他开始试着回归正常生活。他将此称为“突破”。在和自己交流的时候，他喜欢使用密语，这类密语他没有告诉任何人，小心谨慎地守着自己的秘密。他小声自言自语：“今天得尝试一次新突破。”他走出公寓，强逼着自己出门。他下楼去咖啡馆，窥伺周围的人。去咖啡馆时，他穿着一件带帽子的运动衫，这是他所有衣服里最旧、最破的一件。他不洗澡，直接把帽子压在又脏又油腻的头发上。他穿的和想象中的自己一样破，心想：“我想保持和自己状态一样的外表，我想看上去和我的故事一样令人嫌恶。”

不止如此。

我成了种族歧视者。我一直将种族歧视视为与我格格不入的东西，但另一个人突然间占据了我的身体，我成了和其他人一样的人。我成了我一直拒绝成为的人——在排除了其他所有的可能性后，我变成了最后这副模样。

另一个人住进了我的身体。他代替我思考、说话、颤抖、害怕，他将自己的恐惧强加于我，让我随着他的颤抖一起发抖。在公交车和地铁里，若是黑人、阿拉伯人或卡比尔人接近我，我会垂下眼睛——只有男人接近我时我才会这样。这一特点构成了另一个荒谬之处，一个种族歧视者入侵了我的思维，在他的眼中，危险具象成了一张男人的脸。我要么垂下眼睛，要么调过头，默默祈祷："不要攻击我，不要攻击我……"要是遇到的是金发、红发的男人或者白人，我就不会低头。

因为我的身体里同时住着另外一个人，所以我的恐惧和伤痛都是加倍的。

那是在伊斯坦布尔。圣诞节后，西里尔建议我和他一起去土耳其。我犹豫了，不知道该不该去。有一次，去主宫医院验血时，我询问一位护士的意见。她回答我说："这对您有好处，可以让脑子休息几天。"

我和西里尔一起上了去土耳其的飞机。我在座位上睡觉，但没有睡着，我只是想通过睡觉来逃避讲话。为此，我使尽了浑身解数：我假装被飞机轮子触碰地面的声音惊醒，而后伸懒腰；我揉眼睛，打呵欠，像刚醒过来一样急促地吸气与呼气……刚到伊斯坦布尔，还在机场时，我就开始算还有多少天能离开。这让我意识到这次旅行是个错误。我用天数乘以二十四，来算我得在这里待多少小时，再在手机的运算器上乘以六十，得出要待多少分钟。我开始算这些东西了。

一切都让我害怕。西里尔看着我的时候，我总认为他会发现我恐惧的原因——那件令人鄙夷和羞愧的事。我藏起自己的脸，不让他从我的表情中看出端倪。在伊斯坦布尔城区，一切都更严重了。街道里祷告的钟声预示着我无可避免的死亡，太阳之所以存在是为了灼伤我的脸，人行道上拥挤的人群会把我踩死，全世界都在和我作对。我试着不让西里尔发现，我走在看上去像是美国、德国的白人旁边时更有安全感。我走路时离他们更近，觉得他们会在袭击来临时保护我。这种想法令我恶心，但我还是这样做了。

坐在出租车里，我会妄想症发作，编出一打故事。司机在后视镜中看着我们，问我们的生活、工作如何以及与法国相关的问题。西里尔替我回答，他每说一句话，我都担心他会出岔子，激怒司机师傅。我用仇恨与严厉的眼神看着他。他没有转头看我，完全沉浸在与出租车司机的对话中。而司机和平常一样，遇到陌生人后，热切地想和他们交流。经过了高低起伏、延绵不断的街道后，我看着司机将我们带到了一片树林的边缘。阳光直射着树木，把它们烧焦了。树不再是红棕色和绿色的，而是变成了黄色，看起来像从根到枝条顶端都烧焦了。司机将我们带到这儿，我们让他带我们去旅馆，他却把我们带到了这片树林的边缘。我知道接下来要发生什么了，但西里尔还在笑，对即将到来的事毫无察觉。他继续和司机说话，说一些他本不该说的东西。我想提醒他，又不想让司机察觉，使得他立刻动手。后来，西里尔醒悟了过来。但太迟了。司机停了下来。他强迫我们下车，用粗俗的英语命令道："下去，滚出去。"他一开始还比较镇静，后来越来越激动，近乎声嘶力竭地叫骂，让我们"出去"。他打开了车门，踢了我们一脚，示意我们下车，然后拿出了一把和雷德一样的武器——在这个梦里，我终于可以肯定我没看错了。他揍了我们一顿，没有开枪。然后，司机把我们送到了旅馆楼下，我给了他一大笔小费。

十六

他说了第一句话。他说："我得走了，他们还在等我。"克拉拉回答道："让我说完，我马上就要说完了。"事实上，几秒前，她的语调就预示了故事已进入尾声。哪怕我听得越来越漫不经心，也意识到她就要讲完了。

当晚，在第二个警察局，临走之前，女警官告诉我，我家楼下会有四个人等我。他们会直接来我家提取指纹，借此寻找雷德。迪迪尔不能频繁运动，他整天在电脑前写作，今年冬天背有些痛。若福瓦说他坐出租车来找我。那时接近凌晨两点了。

我坐警察的车回公寓。我看到了路灯照到车窗上的蓝光。有两个人和我一起，他们没有开收音机。我们到共和国广场后，他们就和我告别了。我在夜色中走了几步，路两旁的商店和咖啡馆都放下了铁门。很快，我就看到了站在我家楼下的四个人影，他们都拿着铝做的箱子，穿着暗色的风衣、牛仔裤，两个穿运动鞋，两个是便鞋。“确实像一队警察。”我心想。我走到他们身边，他们打量着我，皱起了眉头。我问：“你们是司法警察吗？”其中一位回答道：“是的，您就是……”我打断了他的话，说：“没错，就是我。”

“他不知道还能说什么。”克拉拉叙述道。

我只是走到大门前，输入密码，他们跟在我身后。上楼前，他们拍了大门的照片。他们几十张几十张地拍，相机不停地发出按快门的噼啪声。他们之间的交流让我完全不能理解，我也不明白为什么要拍这么多张这扇油漆已经脱落的蓝色大门的照片，雷德根本没碰过它；又有什么必要拍我的信箱，雷德甚至没注意到它，至少我不记得有——我不记得我告诉过他我的姓氏，他不可能在所有信箱中找出我的那个；他们对电梯也很有兴趣，但雷德没坐电梯——不过，为了不拖长时间，我没提问题。若福瓦应该还在来我家的路上，反正不远。他们向我提问："他摸过电话吗？门呢？用手摸过电话吗？门呢？"我说没有，所有这些都没摸，输密码的是我，邀请他进来的是我，想让他进我家的是我。他们还是继续拍照，拍楼梯，拍雷德没看到过的垃圾堆……若福瓦马上就要到了。

我们上了楼梯。我两级两级地向上走，他们跟在我身后。我不知道他们之间有没有交谈。他们将我的金属旅行箱放在地上打开，我都不记得里面放了什么东西。那个话最多的人好像是探长，他给其他人下命令。在他分派工作时，若福瓦敲门了。门其实没关上，他一敲就开了。他道了声抱歉，探头进来，轻轻咳嗽。探长看向他又看向我，然后又看向他再看向我，问我认不认识这个人。我猜，探长不必听我回答，看我的神情就知道了若福瓦是我在等的人——我姐姐常说，我脸上什么都藏不住。他说若福瓦不能待在这儿，得等他们都走了才能进来。他说："我们必须好好干活儿，先生，抱歉。"他刚刚说过，我的公寓对五个人来说太小了，这样不容易搜寻指纹。若福瓦可以坐在沙发上，一动不动。我恳求探长通融一下，但他一言不发。最后，是若福瓦解决了这个问题，说自己也不愿打扰他们工作，他到楼梯间去等着，等搞完了再进来。那个楼梯间就是昨天我见雷德最后一面的地方。若福瓦在台阶上坐着，每隔七八十秒，楼道里的灯会自动熄灭，他就不得不站起来搞出些声响——克拉拉这样告诉她的丈夫。她不知道后来若福瓦向黑暗屈服了，他不再站起来了，干脆坐在黑暗里。我就没再听到他的声音了。

他们向我提问，想知道在哪里能提取到指纹。他们想到了床单，但床单我已经洗过了，衣服也在高温下洗过了。裤子和内裤被我丢进了我家到亨利家路上的一个公共垃圾桶。剩下的只有我的衬衫和套衫，但它们什么用场都派不上。雷德来了以后，我脱衣服差不多脱了五分钟，衣服几乎都磨坏了。

可能有指纹的只剩伏特加酒瓶了。但雷德摸有没有摸过它？我不记得了。早上，酒瓶被我丢到了垃圾堆里。哦，还有一个雷德穿衣服时从他口袋里掉落的烟盒。我也没有洗他用过的茶杯。难以理解，为了抹除雷德在我家的痕迹，我仔仔细细地洗了一遍自己的公寓，却忽视了那一大堆餐具，那里面还有雷德用过的茶杯——直到我和司法警察们一起回来时才发现了它们。所有的东西我都洗了，用上了漂白剂和我找到的所有清洁用品。房间里漂白剂的味道让我坚信这一点，但雷德用过的茶杯却保持原样。比茶杯还要不可思议的是地上竟然还留着他的一盒烟和一本从他口袋里掉出来的小词典。我竭尽全力地抹去他的痕迹，我洗了地板，但是绕开了烟盒和词典。地板上还残留着拖把的痕迹，可以看出，围绕着烟盒和词典有一个圈，圈里面的地板不如周边的干净地板有光泽，圈的中心就是这两件没有移动过一厘米的东西。“你漏了这个，”我在心里对自己说，“你一叶一叶地洗了他并没碰过的百叶窗，你擦了门把手，你在卫生间用掉了一瓶多漂白剂，但你留下了烟和词典。它们就在这儿，在房间的中央，而你没看见。”探长想知道我为什么放过了椅子下的烟盒和词典，但我也说不出原因。他建议我们下楼去垃圾堆拿回伏特加酒瓶。我从若福瓦面前经过，他冲我笑了一下。在垃圾箱那儿，我很容易就发现了我丢的塑料袋，它就在那儿，完好无损，被腐烂的水果和用过的尿布散发出的臭味包围着。“二、四、六、八……”我一边上楼，一边数着台阶。我将袋子交给了警察，他们戴着塑料手套，用指尖从里面慢慢拿出了酒瓶。他们在上面撒了一种特殊的粉末，用一把像刮胡刷一样的大毛刷将其分散到瓶子表面。一开始，他们没有发现指纹。后来，倒是提取到了一些，但他们说提取到的都模糊不清，几乎可以确定无法辨认。他们还说，这些可能不是雷德的。现在就只剩下不太靠谱的玻璃杯、烟盒和小词典了。他们在玻璃杯和烟盒上都没有找到指纹。若福瓦说这有些不寻常，但我当时没想这么多，我太累了，任何事都不会让我惊讶。他们说指纹磨损得太厉害了。反正，我在内心深处希望他们一无所获。和在第二个警察局里一样，我帮助他们，帮他们找指纹，去垃圾堆里拿回塑料袋，我回答他们的问题，配合他们，我本可以说垃圾袋已经不在那儿了，但我并没有这样做，尽管这并不困难，不过就是一句话的事。突然间，我恢复了镇定，编造说自己已经忘记了很多细节——对于正在发生的事，我一面参与其中，一面又很抵触，两者共存。他们待了一个小时，这一个小时里，他们向我提了多少问题，我就有多矛盾。

我不再听克拉拉讲话了。

他们分散到公寓的各个角落，运动鞋在地上摩擦，咯吱咯吱地响，因为地上满是早上用过的漂白剂，有些黏答答的。他们到处撒黑色粉末，烟盒上、床的金属架上、餐具上都撒了粉末。在这些地方贴好透明胶布后再撒粉末，会显露出指纹。因为第二天我就去了弗雷德里克家，所以粉末一直没清理掉。二月份，我回来时，公寓里到处都是黑色粉末，好像我不在的这段时间里被沙尘暴袭击过。

一位警官用棉棒和一种液体物质在雷德用过的玻璃杯上提取DNA。“这很简单，指纹挺清晰，简单，好，我想我找到了一个！啊，不能错过这个……”他们寻找指纹的时候，我坐在床上等着。他们已经检查完了床。我时不时去看看待在楼梯间里的若福瓦，抱歉让他在这里等着。他违心地说：“不，一点儿也没有，我在这里很好。”探长让我不要总出去，他说他需要我。

我回到了床上。我甚至没有手机，不能假装读短信。

他们搞完了，要走了，向我道歉说不好意思弄得到处都是黑色粉末。“没关系，我会清理的。”我说道。我想在黑色粉末里打滚。手提箱又合上了，他们向我道别，和我握手，出了门。就在他们即将离开，若福瓦已经站起身准备进来的时候，他们突然问我雷德有没有去过浴室，也许他在淋浴间和沐浴液瓶子上留下了指纹。我没撒谎，我也不知道我为什么不撒谎。我说对，于是他们又返回来，走进浴室，在里面又待了十分钟。时间停滞了。十分钟后，他们真的走了，其中一位最后一次问道：“您确定没有其他地方可能有指纹了吗？”

若福瓦可以进我家了。他坐到床边，紧挨着我，我们都不知道该和对方说什么。这种情形从来没在我们之间出现过，从来没有。通常，我们在一起时说的话会很多，有时甚至会彼此抢话。一个人话音未落，一个人又开口，话语相互碰撞，说话间喘口气的工夫又插进一句话，谈论的主题立刻随之变化。但今晚，在我散发着漂白剂味道的房间里，我们两个却相顾无言。院子里也没有任何声响，除沉默和漂白剂的味道之外，什么都没有。

他说：“我猜你现在想睡觉了吧？”没错，他说的对，但我不敢直接这样说出来。在让他独自在黑暗寒冷的楼梯间等了一个小时（或许还不止）之后，我不好意思对他说：“你回家去吧，让我一个人待会儿。”他接着说道：“你一个人在家不害怕吗？”“不，我不害怕。”我已经说不出三四个词以上的话了。我想一个人待着。我又重复了一次：“不，我不害怕。”他说，他可以待在我身边，等我睡着。后来，他离开了，没发出一丝声响，踮着脚尖退出了房间，轻轻关上了门。第二天，他又来了，和迪迪尔一起。

结语

书写幸福是不可能的，至少我不行。对写作而言，幸福太单薄了。引用一句我之前读到过的话："幸福的生活是沉默的生活。"书写生活，即是思考生活，质疑生活。质疑的不是其中快乐充实之处，而是痛苦的部分、扭曲的部分。我写作并非为了寻找幸福，恰恰相反，在写作中，我不断寻找着最尖锐的苦痛，试探着那不可触碰的边界。这可能是因为，痛苦才是真实的。至于什么是真实，很简单：真实就是使我筋疲力尽的事物。

——凯尔泰斯·伊姆雷[①]，《给未出生的孩子做安息祷告》

① 凯尔泰斯·伊姆雷（Kertész Imre，1929—2016）：匈牙利犹太作家，2002 年诺贝尔文学奖获得者，曾被纳粹投入奥斯维辛集中营。

图书在版编目（CIP）数据

艾迪的自白 /（法）爱德华·路易斯著；丁雪译
. -- 成都：四川文艺出版社，2020.1
ISBN 978-7-5411-5540-6

Ⅰ. ①艾… Ⅱ. ①爱… ②丁… Ⅲ. ①长篇小说－法国－现代 Ⅳ. ① I565.45

中国版本图书馆 CIP 数据核字 (2019) 第 232995 号
著作权合同登记号 图进字：21-2019-549

HISTOIRE DE LA VIOLENCE

AIDI DE ZIBAI

艾迪的自白

[法]爱德华·路易斯 著
丁雪 译

出品人 张庆宁
出版统筹 刘运东
特约监制 刘思懿
特约策划 刘思懿
责任编辑 徐 欢 宋 玥
特约编辑 郑淑宁 申惠妍
封面设计 末末美书
责任校对 汪 平

出版发行 四川文艺出版社（成都市槐树街2号）
网 址 www.scwys.com
电 话 028-86259287（发行部） 028-86259303（编辑部）
传 真 028-86259306

邮购地址 成都市槐树街2号四川文艺出版社邮购部 610031
印 刷 三河市海新印务有限公司
成品尺寸 145mm×210mm 开 本 32开
印 张 6.5 字 数 100千字
版 次 2020年1月第一版 印 次 2020年1月第一次印刷
书 号 ISBN 978-7-5411-5540-6
定 价 39.80元